世界少年经典文学丛书

冰姑娘

[丹]安徒生　著
刘敏艳　编译

中国出版集团　现代出版社

图书在版编目(CIP)数据

冰姑娘／（丹）安徒生（Andersen,H.C.）著；刘敏艳编译. —北京：现代出版社，2013.2

ISBN 978－7－5143－1256－0

Ⅰ.①冰… Ⅱ.①安… ②刘… Ⅲ.①童话－丹麦－近代－缩写 Ⅳ.①I534.88

中国版本图书馆 CIP 数据核字（2013）第 021148 号

作　　者	安徒生
责任编辑	刘春荣
出版发行	现代出版社
通讯地址	北京市安定门外安华里 504 号
邮政编码	100011
电　　话	010－64267325　64245264(传真)
网　　址	www.xdcbs.com
电子邮箱	xiandai@cnpitc.com.cn
印　　刷	三河市嵩川印刷有限公司
开　　本	700mm×1000mm　1/16
印　　张	9
版　　次	2013 年 2 月第 1 版　2021 年 8 月第 3 次印刷
书　　号	ISBN 978－7－5143－1256－0
定　　价	29.80 元

序　言

孩子是未来的希望，是父母心中的天使，是充满快乐的精灵。小学阶段更是孩子最快乐的时光，是孩子成长发育的黄金阶段。为了让孩子学习更多的课外知识，享受更加丰富的学习乐趣，我们策划了本丛书！

从小让孩子多读课外书，对培养孩子健康的心态和正确的人生观无疑将起着非常重要的作用。自《语文课程标准》公布以来，不少富有敬业精神、有才干的教师，在他们的教学中，担当起阅读教育的重担。他们在严谨的选材中，利用丰富的文学资源，向学生推荐了大量优秀的课外读物，实施了以“练成阅读和作文的熟练技能”为重要内容的阅读教育。大千世界充满了丰富的知识。阅读能丰富小学生的语文知识，增强阅读能力，提高写作水平，开阔视野，增长智慧。阅读本丛书，能够使孩子享受到阅读的快乐，激发起更浓厚的阅读兴趣，孩子的生活将充满新的活力与幸福！本丛书精选了世界名著和中国经典书目中流传最广、影响最大、最脍炙人口的作品，是培养小学生理解能力、记忆能力、创造能力的最佳课外读物。

最后需要指出的是，本丛书把世界上流传甚广的经典童话、寓言等也尽收其中，并将这些文学作品重新编写审订，使作品在不影响原著的基础上更适合少年儿童阅读，在丰富他们课余生活的同时提高语言和文字表达能力。本丛书通过科学简明的体例、丰富精美的图片等有机结合，使小读者不仅能直观地领略作品的精髓，而且还能获得更为广阔的文化视野和愉快体验。希望本丛书能成为孩子生活的一缕阳光照亮孩子前进的道路，能成为一丝雨露滋润孩子纯净的心灵。

编　者

目　录

冰姑娘

没有画的画册

童心阅读在线

冰 姑 娘

一 小洛狄

我们现在到美丽的山国——瑞士去游览一下，那里树木在峻峭的石壁上生长成林。我们先去看那耀眼的雪地，再去看那美丽的草原。这里，河流和溪涧在向海的方向奔流着，又及时在海中消逝。炽热的阳光照在冷冷的深谷里，照在厚厚的雪堆上。许多世纪以后，雪堆凝结成闪亮的冰块，然后崩裂下来，积成了冰河。在格林达瓦尔得这座小小山城旁边，在警号峰和风雨峰下面的山峡里，流淌着两条这样的冰河。每年夏天，总有许多旅客从世界各地到此地来观赏这一奇观。他们越过积雪的高山，走过很深的溪谷。在经过溪谷时，他们得花上几个钟头来爬山。他们爬得越高，这溪谷就显得越深。如果他们朝下俯视，就会有坐在气球上的感觉。

低垂的云块在山峰上面笼罩着，仿佛一层浓厚的烟幕；许多棕色的木屋建在下面的溪谷旁。偶尔会有一缕阳光射进溪谷，这块葱绿的林地被照得好像透明似的。水翻滚着向下奔流并发出吼声；但是上游的水潺潺地流着，发出一种铿锵的音调，仿佛一条从山上飘下来的银带。

有一条路可以通到山上，在路的两旁有许多木屋，每座木屋旁都有一小块种马铃薯的山地。因为那些木屋里有好多张小嘴，他们是很能吃的，所以这块地必不可缺。他们溜出这些房屋，朝一些步行的或是坐车的过路旅客围拢。这里的孩子们都在兜售一些木雕的房子，也就是我们在山上所看到的这种房子的模型。无论天气好坏，这群孩子总会跑来向人们兜售商品。

二十五年前，有一个小孩子总是离开别的孩子独自在一旁站着。不过，他到这儿来也是希望做些买卖。他的表情非常严肃，双手把他的木匣子抱得很紧，似乎绝不会放松。人们常被他的这副表情和他的这个小样儿吸引。所以，把他喊过去的旅客有时会买光他的东西，他自己也不清楚这是为什么。他和外祖父住在山顶。他的外祖父会雕出很好看的新奇的小房子。在他的房间里有一个木柜子，里面装着如硬果钳、刀子、叉，刻着美丽的蔓藤花纹和正在跳跃的羚羊的匣子等这类小玩意儿。孩子们都很喜欢这些东西。可是洛狄——这个小家伙的名字——总是睁着一对大眼睛渴望得到挂在梁上的一杆旧枪。他的外祖父曾经答应过他，等他长大以后，体格健壮了，善于使枪时，就会送给他这支枪。

这个孩子年龄虽然很小，但却得看守山羊。洛狄算得上是能干的牧羊人，因为他会跟羊一起爬山，而且他爬得比山羊还高。另外，他还喜欢爬到树上去翻鸟窝。他真是一个胆大勇敢的孩子啊！除非他站在倾泻的瀑布旁边，或者是听到了剧烈狂暴的雪崩声，否则没有人能看见他的笑。当他的外祖父叫他下山去卖东西的时候，他才会跟别的孩子在一起，其实他很不喜欢这样。他喜欢一个人爬山，或者坐在外祖父身旁，听他讲很久以前的故事和有关他的故乡梅林根的人们的故事。住在梅林根的人们起初并没有生活在那里，他们是从北方流浪来的，他们的祖先是“瑞典人”。现在，洛狄知道了这了不起的知识。但是，他从屋子里的家畜那里得到了更多的知识。屋里有一只大狗叫作阿约拉，它是洛狄的父亲遗留下的。此外还有一只公猫，洛狄同这只猫的感情很深，因为它教会了洛狄爬高的本领。

“跟我一起去屋顶吧！”猫对洛狄说，而且说得很清楚明白，因为一个孩子在他没有学会讲话之前，他能听得懂鸡和鸭、猫和狗的话。跟爸爸妈妈的话一样，这些动物的话很容易懂。但是，一个人只有在年龄很小的时候才能听懂。对于小孩子来说，祖父的手杖可以变成一匹马，有头，有腿，也有尾巴，它能发出马的嘶鸣声。在这个阶段上，有些孩子要比其他孩子停留的时间长一些；我们就说这些孩子发育缓慢，说他们停留在孩童期很长。你看，人们能说出很多的道理来！

“小洛狄，跟我一起去屋顶吧！”这是猫开始说的第一句话，也是洛狄听懂的第一句话。“人们总是没有根据地说跌跤什么的，只要你勇敢，你就不会跌下来。来吧！这只爪要这样爬！另一只爪要那样爬！你要用前爪摸！眼睛要看准，四肢要灵活，看见空隙就跳过去紧紧地抓住，就像我这样！”

洛狄照它的话做了，他经常爬到屋顶，跟猫坐在一起。后来，他俩一起爬上树顶，最后他甚至爬到了连猫都爬不上去的悬崖。

“再往高爬一点儿！再往高爬一点儿！”树和灌木说，“你看我们是怎样爬的！你看我们爬得多高，贴得多紧，我们可以爬上最高、最窄的石崖！”

洛狄爬上最高的山峰；有时太阳还没有升起，他已爬上了山岭，他吮吸着清晨的露水，呼吸着滋补的新鲜空气。这些东西的成分是：山上野草的清新香气以及谷里麝香草和薄荷的幽香。飘在低处的云块先把浓郁的香气吸进去，然后风把云块吹到杉树上。于是，香气弥散在空气中，又清淡又新鲜。这是万物的创造者才能提供给洛狄的清晨的饮料。

作为太阳神传播幸福的女儿——太阳的光线吻着他的面颊。昏迷之神不敢走近他，只是隐隐地站在一旁。住在外祖父家里的、整整做了七个窝的燕子绕着他和他的羊群飞，同时唱道：“我们和你们！你们和我们！”它们把家人的祝福传递给他，甚至还把那两只母鸡的祝福也传递给了他。洛狄跟怎么也合不来，尽管它们是家里唯一的家禽。

他年龄虽小，但却过不少路。对于他这么一个小家伙来说，这路程已经算得上很长。他出生在瓦利斯州，但是被人抱着跋山涉水，来到这块地方。不久以前，他还步行去过灰尘泉一次。这泉从白雪皑皑的少女峰上流下来，犹如悬在空中的一条银带。他曾经到过格林达瓦尔得的大冰河，但是说起来这是一个悲剧。他的母亲死在了那儿，而且据他的外祖母讲，“洛狄在这儿失去了他儿时的快乐”。在他还没满一岁的时候，他的母亲曾经写过，他笑的次数比哭的次数多得多。但是，自从他去了一趟那个雪谷，他的性格与从前迥然不同。虽然外祖父平常很少提起这件事情，但是山里的人全都知道这件事。

洛狄的父亲是个赶邮车的人，现在待在外祖父屋里的那只大狗就经常跟着他在日内瓦湖和辛卜龙之间旅行。洛狄的父亲的亲人现在仍然住在瓦利斯州的伦河区；他的叔父是个出色的羚羊猎人，同时也是一个有名的向导。在洛狄一岁的时候，他的父亲就去世了。这时，母亲非常想带着孩子回到居住在伯尔尼高地的娘家。从格林达瓦尔得到她的父亲住的地方不过是几个钟头的路程。她的父亲是一个雕匠，他赚的钱足够养活他自己。

七月里，两个羚羊猎人陪伴着她和她的孩子，越过介密山峡前往在格林达瓦尔得的娘家。他们已经越过了高峰，到达了雪地，还有小部分路程就能到达目的地。他们已经看得到她的娘家所在的那个山谷和他们所熟悉的那些木屋。他们只要再加把劲儿，爬过一座大雪山的峰顶，就可以到了。一个冰罅被刚下过的雪盖住了，那冰罅并没有裂到流着水的地层，但是也裂到有一人多深。这个抱着孩子的少妇不小心滑了一跤，掉了下去，便不见了。她并没有大声叫，连叹息声也没有，不过人们听见了小孩子的哭声。

一个多钟头以后，人们才从最近的人家弄来绳子和竹竿，设法搭救他们。大家费了很多气力，才把他们从冰罅里捞出来。大家用尽一切办法急救，结果孩子——而不是母亲——终于有了呼吸。于是，老外祖母家里没有了女儿，却得到了一个喜欢笑而不喜欢哭的小外孙。但是，这小家伙的性格现在似乎完全改变了，而这改变似乎是在冰罅里，在那个寒冷的、奇特的冰世界里发生的。据瑞士农民的说法，许多恶人的灵魂被关在这个冰世界里，而且直到世界末日这些灵魂也不会获得自由。

冰河漫无边际地延展着。那绿色冰块是由一股翻滚的激流冻成的，一层一层地堆起来，凝结在一起。在这冰堆下面，融化了的冰雪发出雷鸣般的声音冲向山谷。再往下就是许多深洞和大裂罅。它们形成一个奇异的水晶宫，作为冰河的公主，冰姑娘就住在这里。她——生命的谋害者和毁坏者是空气的孩子，也是冰河的统治者。她可以飞到羚羊不能爬到的最高的地方，飞到就是最勇敢的爬山者也非得挖开冰块才能落脚的雪山的最高的峰顶。她在翻滚的激流两旁的细长的杉树枝上飞；她可以从这个石崖跳到那个石崖；她飘起雪白的长发和她的深绿色的衣裳如同瑞士最深的湖水那样散发光彩。

“摧毁和拥有！这就是我的权力！”她说，“人们从我的手中偷走了一个漂亮的男孩子。我吻过那个孩子，但是我却没有吻死他。他又回到了人间。现在他在山上看羊。他会爬山，而且爬得很高，高到离开所有的人，但是却离不开我！他属于我，我要拥有他！”

这时正是炎热的夏天，冰姑娘不愿意到长着野薄荷的绿树林中去，于是她派昏迷之神去执行这个任务。昏迷之神飞起来，接着就向下面扑去。这一位刚扑下去，立刻就有三位也跟着扑下去，因为昏迷之神有一大群姊妹。她们之中最厉害的一位被冰姑娘选上。她们可以在屋里屋外施展她们的威力。她们能坐在楼梯和塔顶的栏杆上，能在山谷上像松鼠一样跳过所有阻碍奔跑，能像游泳家踩水那样踩着空气。她们的牺牲者会被她们引诱到无底的深渊里，她们在捉人的时候总是死也不放，很像捉住身边所有东西的珊瑚虫，此刻，昏迷之神要去捉住洛狄。

昏迷之神说：“我很难捉到他！他已经从那只可恶的猫那儿学会一套本领了！这个小孩子已经掌握一种特别的本领，我无法控制他。当他抓住一根树枝悬在深渊上的时候，我根本捉不住这个小鬼。我多想搔搔他的脚掌，让他在空中翻几个筋斗啊！”

“你得想办法去做，”冰姑娘说，“你不做我就去做！我去做！我去做！”

“不可以！不可以！”她耳畔响起一个声音，这声音好像来自山里的教堂的钟声的一个回音。但它却是一支歌，一种低语，一个和谐的合唱。它是大自然中别的神——太阳的那些亲切、友爱、善良的女儿的灵魂发出来的。黄昏时，她们会化成一个绕着山顶飞的花环；在太阳下落的时候，她们张开的玫瑰色的翅膀越变越红，看上去那些高大的阿尔卑斯山如同燃烧一般，这景象被人们叫做“阿尔卑斯山之火”。太阳落下以后，她们会躺到雪白的山峰上睡去。当太阳再升起的时候，她们又会露面。她们很喜欢蝴蝶、花和人类，尤其最喜欢洛狄。

“你不会捉住他！你不会拥有他！”她们说。

“我捉到过比他更强壮的人！”冰姑娘说。

于是，太阳的女儿们唱了一曲旅人之歌。歌的内容是：“一阵疯狂的旋风吹走了旅人的帽子。”

“风只能吹走人的身外之物，但不能吹走人的身体。你——暴力的孩子——能够捉住他，却留不住他。人比你还要强大，甚至比我们还要神圣！他能爬得比我们的母亲——太阳——还要高！他有一种可以制伏风和水的神咒，叫风和水为他服务，受他支配。你只能减少拖累着他的沉重的压力，结果他却会飞得更高。”

这个美丽的声音是那个钟声似的合唱所发出的。

每天早上，阳光从外祖父房里唯一的一个小窗子射进来，照在这个熟睡的孩子身上。太阳的女儿们想要用吻把冰河的公主印在他脸上的那个冰吻融化掉，使它消失。在他躺在冰罅里死去的母亲怀里时，他得到了这个冰吻，但是他的复活真是一个奇迹。

二 走向新的家

现在洛狄八岁了，住在伦河区高山的另一边的叔父想把他接回去。他可以让这孩子受点儿教育，以便以后能够自立。外祖父觉得这样做是对的，所以同意让这孩子回去。

除了外祖父外，洛狄现在要和其他的人告别了。他首先跟老狗阿约拉辞行。

“你的父亲是一个赶邮车的，而我是一只邮车狗，”阿约拉说，“我们总是一起旅行，所以我认识山那边的一些狗和一些人。我不喜欢多讲话，但是以后我们交谈的机会会很少，所以我倒可以比平时多讲几句。我告诉你一个在我心里藏了很久，我也想了很久的事。我没有完全理解它的意义，你也不可能会理解，但是这没有什么关系。我只懂得一点：无论对狗来说，抑或对人来说，世界上的好东西都没有被平均地分配。我没有生下来就躺在人膝上吃牛奶的福气。但是，我看见过一只哈巴狗坐在一个邮车里，占着一个人的位置。他的女主人正拿着一个奶瓶给他喂奶。她还给他糖果吃，但是他只是用鼻子嗅了几下，因为他并不喜欢糖果，结果女主人把糖果吃掉了。那时我正饿着肚子跟着邮车在泥巴里跑。想来想去，我觉得这很不公平，但是不公平的事情却有很多。我希望你也能乘坐马车，坐在人的膝上旅行一下。可是一个人不可能想什么就能做什么。我就从来没有做到过，不管我怎样地叫。”

这是阿约拉讲的话。洛狄牢牢地抱着它的颈，吻它那潮湿的鼻子。然后，他把猫抱进怀里，但是猫却想要挣脱出去，并且说：“你非常强壮，所以我也不想用爪子抓你！往山上爬吧，你已经从我这学会怎样爬了，只要你牢记跌不下来，那么你就不会跌下来！”

说完这些话后猫就跑开了，因为它不想洛狄看见它伤心难过的表情。

母鸡在地板上来回走着；有一只已经没有尾巴了，因为有一位想成为猎人的旅行家把它当成一只野鸡，一枪打掉了她的尾巴。

“洛狄又要跋山涉水了。”一只母鸡说。

“他太忙了，”另一只说，“我不想去跟他说再见。”

说着两只鸡就走开了。

他还要跟山羊告别。它们：“咩！咩！咩！”地叫着，这使他听了很伤心。

住在附近的两个勇敢的向导也要到山的另一边去。洛狄便与他们一起出发，而且是徒步。对于他这样的一个小孩子来说，这段路程会很辛苦。但他是一个强壮的孩子，他并不惧怕困难。

燕子唱着“我们和你们！你们和我们！”陪伴了他们一程。这条路要经过翻滚的路西尼河。这条河汇聚了很多小溪，它从格林达瓦尔得冰河的黑坑里流出来。倒下的树干和石堆横在河上搭成了桥。不久，他们穿过赤杨森林，要开始爬山了。冰河在这山的近旁流淌着。他们时而绕着冰块走，时而立在冰块上横渡冰河。洛狄一会儿爬，一会儿走。看上去他很愉快。他穿着有钉的爬山靴，用力地在地上踩着，好像他每走一步都要留下一个痕迹似的。冰河被山洪冲来的黑土染成黑色，但是仍隐隐地看见深绿色的、玻璃似的冰块。他们还得绕过许多由巨大的冰块围成的水池。偶尔，他们走过一块悬在冰谷边缘上的巨石，有时这巨石会滚下去，在冰谷里发出一个空洞的回音。

他们一直这样向上爬。冰河也往上伸展，像一条夹在崖石之间的、由冰块形成的望不到边际的大江。一时间洛狄想起了他听说过的一件事：他和他的母亲曾躺在这样一个阴森的深渊里，但是不久这种回忆就从他心里消逝了。他觉得这与他所听到过的许多其他的故事一样，并没有什么不同。有时，两位向导也觉得这样的路对这个小孩子来说未免太吃力了，所以就伸出手去拉他一把。但是他并没有觉得累，他像羚羊一样稳稳地站在光滑的冰上。

现在他们行走在光溜的石块中间。不一会儿，他们又走进低矮的松树林，之后又踏上绿色的草地。这旅程永远变幻莫测，充满了新奇。被孩子们叫做“姑娘峰”、“僧人峰”和“鸡蛋峰”的雪山屹立在他们周围，因此洛狄也就这样叫它们。洛狄第一次爬得这样高，第一次走这样茫茫的雪海：海上有一片不波动的雪浪，一些雪片不时地被风从雪浪中吹走，犹如吹走海浪上的泡沫一样。冰河“手挽着手”，它们紧挨着。每条冰河都是冰姑娘的一座玻璃宫，她的权力和意志是：捉住和埋葬掉她的牺牲者。

太阳温暖地照着大地，雪发出耀眼的光，好像铺着一层淡蓝色的、晶亮的钻石。无数昆虫——特别是蝴蝶和蜜蜂的尸体散布在雪上。这些昆虫因为飞得太高也可能是风把它们吹得太高，才被冻死的。

风雨峰上密集着像一大捆又细又黑的羊毛似的一堆乌云。云堆里充满了“浮恩”，一旦它裂开，马上就会变成风暴袭来。高山上的露宿，第二天的继续旅行，从深渊里流出的、从不停歇的、穿凿巨石的水——这整个的旅程在洛狄的心中留下了深刻的印象。

他们可以在雪海的另一边的荒凉的石屋里休息和宿夜。他们用屋里的木炭和杉树枝烧起一堆火来，同时还拼起舒适的床席。于是这队旅人围着火堆坐下来，喝着他们自己煮的、既温暖而又富有刺激性的汤。洛狄也吃完了自己的一份晚餐。饭后他们谈起住在阿尔卑斯山区里的神怪和盘踞在深湖里的怪蟒；他们还谈到幽灵会把熟睡的人劫走并送到那个奇妙的水上都市威尼斯去；野牧羊人赶着黑色的羊群走过草地，虽然没有人看得见他，但是人们可以清楚地听到羊群的铃声和可怕的羊叫声。洛狄全神贯注地听着这些故事，不过他一点儿也不害怕，因为他不知道害怕是什么。他在听这些故事的同时，似乎也听到了那种恐怖的、空洞的羊叫声。没错，这声音渐渐变得清晰，大家都能听得见。这时，他们中止谈话，仔细地倾听，而且还告诉洛狄先不要睡。

这就是“浮恩”——从山上向山谷吹来的暴风。它能把树木折断，就像折断脆弱的芦苇一样；它能把木屋子吹到河的对岸，就像我们挪动棋盘上的棋子一样。

一个钟头以后，他们对洛狄说："没有什么事了，现在可以睡觉了。"这段长途旅行已经使他困乏，一听到他们的话他就睡着了。

第二天大清早，他们就动身了。太阳光照在新的山上，新的冰河上和新的雪地上。现在他们走进了瓦利斯州的地界，到达了从格林达瓦尔得就可以望得见的山峰的另一边。不过他们离新的家还有很远的距离。现在他们面前出现了新的深渊、新的山谷、新的树林和山路，还有新的房子和很多人。但是这是些怎样的人呢？他们都是发育不正常的人：他们的面孔又肿又黄，显得难看至极；像袋子一样的又丑又重的肉球悬在他们的颈上。他们是白痴病患者。他们精神萎靡地走来走去，用一对呆滞无神的大眼睛望着行人。女人的样子更难看。他的新的家里的人不会也是这个样子吧？

三 叔 父

洛狄终于来到叔父的家里。感谢上帝，这跟洛狄平时所看到的人没有什么不同。这儿只有一个可怜的孩子是白痴病患者。他是那些穷苦人中的一个，这些又孤独又贫穷的人总是在瓦利斯州流浪，从这家住上一个多月后又走到那家，如此反复着。当洛狄来到的时候，正赶上可怜的沙伯里住在他的叔父家。

洛狄的叔父是一个强壮的猎人，除了打猎以外，他还会箍桶。洛狄的叔母长着雀子般的面孔、一对鹰眼睛、一个盖着一层厚汗毛的长脖子，是一个活泼的小妇人。

对洛狄来说，这里的一切东西都是很新奇的，包括服装、举动、习惯，甚至语言。但是，很快他的耳朵对这里的语言就习惯了。这里的景况和外祖父的家相比，似乎要好得多。他们住的房间比较大，而且墙壁用羚羊角和锃亮的枪支装饰着，门上还挂着圣母像，它的前面摆着新鲜石楠和一盏亮着的灯。

前面已经提起，叔父是这一州很出色的猎人和有名的向导。现在洛狄快要成为这家的宝贝了。但是，这家已经有了一个宝贝，那是一只又聋又瞎的猎犬，它现在不可能像以前那样出去打猎了。大家仍记得它过去的功劳，因此它成为家庭中的一员，过着惬意的生活。这只猎犬被洛狄抚摸着，但是它似乎不喜欢跟陌生人交朋友。洛狄确实是一个陌生人，不过这种现象只是暂时。很快，他就获得了全家的喜爱。

“生活在瓦利斯州是舒适的，”叔父说，“这里有很多羚羊，它们不会像山羊那样死得很快。以前的日子是没有现在这么好过的。无论人们如何称赞过去的日子，我们现在终究是幸福的。这个袋子现在穿了一个洞，现在有清冷的风吹进我们这个闭塞的山谷。旧的东西一落后，新的东西就会到来。”叔父把话匣子打开，就谈起他童年的事，甚至有时还会谈起他的父亲那个时代的事。那时候，瓦利斯州是一个所谓“闭气”的袋子，袋子里全是病人和可怜的白痴病患者。

“后来法国军队来到这里，他们是很棒的医生，立刻就消灭了这疾病，而且还消灭了害这病的人。这些法国人打仗的方式非常多，他们的女儿最会征服人呢！”叔父看了一眼法国血统的叔母，接着大笑起来，“法国人懂得如何炸毁石头，而且他们也这样做了。他们在石山上炸开一条去往意大利的辛卜龙公路。我只须把它指给一个三岁的孩子看，并且告诉他，只要他沿着这条路走，他就可以到达意大利。是的，他能够到达那儿。”

这时，叔父唱起一支歌，同时喊道：“拿破仑万岁！”

洛狄第一次听人们谈起法国，还有他叔父曾到过的伦河上的那个大城市里昂。

多年以后，洛狄成为一个出色的羚羊猎人。他的叔父说，洛狄的这种本领是与生俱来的。所以他教洛狄如何使枪，如何瞄准和射击。在打猎的季节里，叔父把他带到山上，让他喝羚羊的热血，这热血可以治猎人的头昏。他从叔父那学到了怎样判断雪崩到来的时刻——根据太阳光的强度，判断是在中午还是晚上。他从叔父那学到了怎样向羚羊学习跳跃，以便练就落地时像羚羊一样站着不动的本领。他还从叔父那学到了怎样在没有立足点的石崖上用肘来支撑自己，用大腿和小腿上的肌肉爬，甚至必要时脖子都可以使用。

叔父说，羚羊非常狡猾，经常布有岗哨。所以一个猎人一定要比它更狡猾，让它嗅不出猎人的存在才成。他可以用放上帽子和上衣的爬山手杖欺骗它们，让它们误把这种伪装当成人。有一天，叔父带洛狄去打猎的时候曾用过这个计谋。

山上的路很狭窄，甚至不能称为路。实际上，它是伸在一个深渊上的“飞檐”。路上的雪已经开始融化，石块经鞋底一踩就会裂成碎片。所以，叔父不得不躺下来，缓慢地向前爬。碎石片掉落下去，从这个石壁撞到那个石壁，一直坠进黑漆漆的深渊。洛狄站在距他的叔父大约一百步的一块伸出的石头上。忽然，他看到一只兀鹰盘旋在他的叔父上方。兀鹰只需拍一下翅膀，就可以让叔父坠入深渊，再把他的尸体吃掉。

在深渊的对面有一只母羚羊和一只小羚羊，叔父正注视着它们，而洛狄则注视着叔父上方的那只兀鹰。他把手按在扳机上，随时准备射击这只兀鹰。这时，那只羚羊忽然跳了起来。叔父已经扣动了扳机，那只母羚羊被一颗致命的子弹打穿了，但那只小羚羊却逃脱了，似乎它早已学会了死里逃生的本领。那只兀鹰一听到枪声就吓得向另一个方向飞去。叔父根本不知道他自己的危险处境，他是从洛狄口中得知的。

他们情绪高昂地往回走，叔父哼起一个他年轻时候唱的调子。忽然，他们听到离他们很近的地方有一个奇怪的声音。他们四处张望，他们看见山坡上的积雪在一起一伏地动着，仿佛铺在地上的被单在被风吹拂。现在，这片像大理石一样光滑和坚硬的雪浪裂成了碎片，变成一股翻滚的激流，发出雷鸣般的声音。雪山正在崩塌，雪块落在离洛狄和他的叔父很近的地方。

“站稳，洛狄！”叔父喊着，“拿出你全部的力量来站稳！”

洛狄牢牢地抱住近旁的一个树干。叔父爬得更高，紧紧地抱住树枝。雪山是在离他们几尺远的地方崩塌，但是雪崩所带动的一股暴风吹断了周围的树木，就像折断干芦苇似的。这些树的残骸被吹得遍地都是，洛狄滚到了地上。暴风已把他抱着的那根树干劈成两半，把树顶吹到老远的地方。洛狄在一堆残枝中发现了叔父的破碎的头颅，他的手还是热的，但是面孔已无法辨认。洛狄脸色苍白地站在他的身旁，全身发抖。这是他第一次经历恐怖，第一次体会到震惊。

他到深夜才把这个噩耗带到家里。全家人都充满了悲哀。他的叔母呆呆地站着，一言不发，连眼泪都没有了。当尸体被运回以后，她的悲哀才爆发出来。可怜的沙伯里钻进了床里，整天都不见人影。天黑的时候，他才偷偷地来到洛狄身边。

“请你帮我写一封信！沙伯里不会写信！沙伯里要把这封信送到邮局寄出去！”

“你要寄一封信？”洛狄问，“寄给谁呢？”

“寄给基督！”

“你说什么？”

可怜的沙伯里用一种感动人的眼光看了洛狄一会儿，然后双手合十，严肃地、慢慢地说：“寄给耶稣基督！沙伯里要给他寄一封信，请求他让沙伯里死去，让这屋子的主人活过来。”

洛狄紧紧握着他的手，说：“基督是收不到信的！信不能使他活过来！”

但是，洛狄却无法叫沙伯里相信这是不可能的。

“现在你是这一家的支柱了。”叔母说。于是，洛狄就成了这一家的支柱。

四 巴贝德

谁是瓦利斯州的头等射手呢？关于这一点，只有羚羊知道得最清楚。“当心洛狄啊！”最英俊的射手是谁呢？“当然是洛狄啊！”年轻姑娘们说，不过她们却不提什么“当心洛狄啊！”连她们的母亲也不会提出这样的警告，因为洛狄对待这些太太很有礼貌。他很勇敢，也很快乐，他的牙齿是雪白的，他的双颊是棕色的，他的眼睛黑得发亮。他只有二十岁，长得很英俊。

他游泳的时候，冰水伤害不了他。他能像鱼似的在水里游来游去；他比任何人都擅长爬山；他可以像蜗牛似的贴在石壁上。从他的跳跃中可以看出来，他长着非常结实的肌肉。这种本领是他先从猫那儿学，后来又从羚羊那儿学来的。

洛狄是一个有名的向导，凭这种职业他可以赚很多钱。他还从他的叔父那儿学会了箍桶的手艺，不过他不喜欢干这个行业。他唯一的愿望是做一个羚羊猎人，当然，这也能赚钱。大家都说洛狄是一个很出色的对象，但是他的眼光太高了。他是许多女子心中的跳舞能手。是的，她们中的很多人从梦中醒来还在想着他。

“跳舞的时候，他吻了我！”村塾教师的女儿安妮特对一个最亲密的女朋友说。但是，即使是她最好的女朋友，她也不应该说这句话。这类秘密是很难保守的，它如同筛子里的沙，是一定会漏出去的。不久，人们都知道善良、行为好的洛狄，在跳舞的时候居然吻了他的舞伴。但是，他却没有亲吻真正喜欢的那个人。

“要当心他！”一个老猎人说，“他吻了安妮特。他已经从字母 A 开始了，他会依照字母的次序一一吻下去。”

到现在为止，多事的人只能宣传洛狄在跳舞的时候吻过舞伴。他吻了安妮特，但他心上的那朵花并不是她。

在贝克斯附近的一个山谷里，在一个潺潺的溪涧旁的大胡桃树林中，住着一个磨坊主。他有一幢非常大的房子，三层楼高，顶上还有望楼。屋顶铺着一层木板，上面又盖着一层铁皮，在阳光和月光下，屋顶常常发出光来。在最大的望楼上有一个风信标，那是一个插着箭的苹果，它代表威廉·台尔所射出的那一支箭。任何人都能把富丽堂皇的磨坊画出来或描写出来。不过，磨坊主的女儿却很难被画出来或描写出来，至少洛狄是这样认为的。不过，他却在自己的心里把她描绘了出来：她有一双亮得像燃烧着的火的眼睛，而这把火是忽然燃烧起来的。而这位磨坊主的漂亮女儿巴贝德并不知道这些，因为平时她和洛狄交谈时话非常少。

磨坊主很有钱，他的富有使得巴贝德高高在上，只能望见而不能接近。不过洛狄对自己说：没有什么东西会高得连爬都爬不上去。你一定要爬；只要你有信心，你决不会落下来的。这是他小时候懂得的道理。

有一次，洛狄正好有事要到贝克斯去。这个路程是很长的，因为那时还没通火车。从伦河区的冰河开始，瓦利斯州的广大盆地沿着辛卜龙的山脚，一直伸到许多高低不同的山峰中。田野和公路常被上游漫出河岸的伦河河水淹没。当来到西翁和圣·莫利斯这两个小城市时，这盆地像肘一样弯曲着；过了圣·莫利斯，这盆地就只剩下河床和一条小路。瓦利斯州到此地为止，它的边境上耸立着一座哨岗似的古塔。大家可以从这儿望见石桥对面收税人的房子。华德州从这儿开始，离此不远就是这个州的第一个城市贝克斯。人们越向前走，就越看得见富饶。他在胡桃树和栗树林中旅行。柏树和石榴在这儿那儿隐隐约约地露出来。这儿的天气是温暖的。

洛狄来到了贝克斯。办完事以后，他就在城里随处转转。他看不见磨坊主的任何孩子，也就没有看见巴贝德。这是他始料未及的。

天黑了，空气中飘着野麝香草和菩提树花的香气。所有的青山好像披上了一层发光的、天蓝色的面纱。周围一片静谧。这不是像睡着了或死一样的沉寂，这似乎是大自然屏住了呼吸，在等待她的面孔出现在蓝色的天空上。在绿草原上的树木中，这儿那儿竖着的一些竿子上挂着电线，一直通向山谷外。洛狄贴着一根竿子站着，一动也不动，很像是一根干枯的树干。他静静地站在那儿，如同他周围的大自然一样。

他不是在睡觉，也没有死掉。世上大事件或个人重要的遭遇通常要从电线中通过，而电线也从来不以细微的动作或细小的声音把这秘密说出去；同样，现在也有一个强烈的、不可抗拒的思想在洛狄的心里通过。这是一个关乎他一生幸福的思想，也是从现在起包围着他的心的思想。他的眼睛在凝望着一道从树林里磨坊主家巴贝德的住房里射出来的灯光。洛狄静静站在那儿，一动不动，人们会误认为他在瞄准一只羚羊。但是，现在他本人很像一只羚羊，因为羚羊有时也会像一个石雕的动物似地站着，但只要有一块石子滚到它身旁，它会立刻跳起来，把猎人远远地甩在后面。洛狄也是如此，有一个思想突然进入他的心里。

“要勇敢！”他说，“去拜访一次磨坊吧！对磨坊主和巴贝德道一声晚安。只要你牢记跌不下来，你就永远不会跌下来的。如果将来巴贝德会成为我的妻子，她迟早是要见我的。”

于是，洛狄大笑起来。他非常愉快地向磨坊走去。他知道自己要的是什么。他要的是巴贝德。

满河的黄水在滚滚地流，柳树和菩提树垂在这激流上。洛狄走在路上；正如一支老摇篮曲里所唱的，他是：

……走向磨坊主的家，
家里什么人也没有，
只有一只小猫在玩耍。

这只猫拱着背站在台阶上，叫了一声：“喵！”但是，洛狄并没有在意猫儿的招呼。他敲了敲门，没有人答应，也没有人来开门。“喵！”猫儿又叫起来。如果洛狄还是一个小孩子的话，他就能理解这动物的语言，他知道猫儿在说："家里没有人呀！"不过，他现在得走进磨坊去亲自探问一下。得到了回答：主人因事到因特尔拉根城旅行去了。据塾师——安妮特的父亲——所作的学者式的解释，"因特尔拉根"即 Inter lacus，意为"湖与湖之间"。巴贝德跟着磨坊主已经走得很远。有一个盛大的射击比赛将从明天早晨开始举行，并且要持续 8 天。住在讲德文各州的瑞士人都会来参加。

悲哀的洛狄！可以说，他选了一个很不好的日子来拜访贝克斯。现在他只好回家了，实际上他也这样做了。他从圣·莫利斯和西翁那条路往自己生活的山谷、自己的家走去。不过他并没有气馁。第二天太阳升起来时，他的心情又变得很愉快，因为他的心情从来都很好。

"现在巴贝德住在因特尔拉根，到那里要走好几天的路程，"他对自己说，"如果走现成的大路，路程是很长的。不过如果走山上的小路，那就不会太远，这小路也正是一个羚羊猎人本该走的路。我以前曾走过一次这条路。我最初就生活在因特尔拉根，孩提时我和我的外祖父曾住在那儿。现在射击比赛却在那儿举行！我恰巧去展示一下，证明我是出色的射手。一旦我认识了巴贝德，我就会在那儿陪在她身边。"

他把星期日穿的最好的衣服装满那个轻便的背包，肩上扛着一杆猎枪和猎物袋。于是，洛狄爬上山，走上那条小路；但是，路程依旧很远。但是射击比赛才刚刚开始，并会继续一个多星期。据说在这段时间里，磨坊主和巴贝德会一直住在因特尔拉根的亲戚家里。洛狄穿过介密山峡，他计划在格林达瓦尔得下山。

他愉快地走着，呼吸着新鲜、爽神的山中空气。山谷在他的后面渐渐隐去，他的前方越来越开阔。这儿有一座高峰上积满了雪，那儿也有一座同样的高峰。很快，白色的阿尔卑斯山山脉延绵不绝地进入他的视野。洛狄认识这里每一座积雪的山峰。警号峰在蓝色的天空下伸着它那扑满了白粉的石指，洛狄径直向它走去。

终于，他总算走过了最高的山脊。生长旺盛的草地一直延伸到他的老家所在的山谷。清新的空气使他的心情更愉快。一片青枝绿叶和花朵生长在山上和山谷里。他的心中充满了青春的气息，他认为自己永远不会变老，永远不会死去。生活、斗争和享受！他像鸟儿一样地自由和轻快！从他身旁飞过的燕子，唱起洛狄儿时常听到的一支歌：“我们和你们！你们和我们!”一切都是那么轻松和愉快。

再下面就是在天鹅绒似的绿草地上点缀着一些棕色的木屋。路西尼河缓慢地流淌着。他的视线里出现冰河和它的淡蓝色的、积着脏雪的边缘。他望向深谷，看到了上游和下游的冰河。他的脉搏加快，情绪变得很激动。霎时，他的心里不再有巴贝德的形象，因为他心里都是记忆，激动得厉害。

他向前走着，一直走到儿时他跟许多孩子一起卖木雕小房子的地方。在一个杉树林的后面是他的外祖父的房子，此刻陌生人住在里面。许多孩子从大路跑向他，出售他们的货物。其中的一个孩子向他兜售一朵石楠。洛狄觉得这是一个好的预兆，因此他想起了巴贝德。很快，他走过了桥；路西尼河的两条支流在这儿交汇。这儿有茂密的森林也有浓郁的胡桃树。此刻，他看到了一面红底上绘着白十字的国旗在飘扬着。这是瑞士的、也是丹麦的国旗。此刻，因特尔拉根就在他的眼前了。

在洛狄的眼里，这无疑是一个任何城市都比不上的美丽城市。它是瑞士的一座很华丽的城市，与其他的买卖城市不同，它没有用一大堆笨重的石头建成的房子，也没有冰冷的、华而不实的外表。山上的木屋看上去好像是自动跑到了这山谷里。它们在泛着光的、奔流的河边错落有致地排列着，形成了街道。在洛狄儿时生活的时代，最美丽的一条街就已经形成。这条街上排列的房子好像是他的外祖父雕的那些漂亮木屋，尽管它们现在是藏在老屋的柜子里。它们被放到此地，像那些老栗树一样，已经长得很大了。

每幢房子都是一个“旅馆”，它们的窗子上和阳台上都雕着花且屋顶向外突出。这些房子美丽整齐，每一幢的前面都有一个花园来把它们从宽广的石铺路上隔开。当然，这里还有许多其他的房子，它们都位于路的一边。在它们的前方有一片新绿草原，你能看见有奶牛正在吃草，并且发出只有在阿尔卑斯山草原上才能听得到的那种铃声。草原被群山环抱着，只有一边留出一个缺口，通过这个缺口，人们可以远远地望见瑞士最美丽的山峰，它就是白雪皑皑的少女峰。

这儿有来自外国的、穿着华丽服装的绅士淑女，也有来自附近各州的乡下人。每个射手都把自己的号数插在帽子的花环中。这儿有音乐声，也有歌声；有琴声，也有喇叭声；有喧哗声，也有吵闹声。诗和纹章被装饰在屋上和桥上；旗帜在空中飘扬；一颗接着一颗的枪弹被射出。在洛狄的耳中，枪声是最好的音乐。这里非常热闹，以至他忘记了巴贝德。

此刻，射手们都向靶子聚拢，洛狄也立刻加入他们。他是一个最熟练、最幸运的人，他的靶子全都被打中。

“那个年轻的射手是谁呢？”人们都问。

“他会讲法文，可能他是瓦利斯州人。不过，他也能流利地用德文表达他的意思！”有些人说。

“听说他小时候曾住在格林达瓦尔得附近。”另外一些人说。

这个意气风发的年轻人的两眼炯炯有光，他的臂膀稳如磐石，所以他一射就中。幸运会使人勇气倍增，但洛狄早已有了勇气。他立刻交到很多朋友，他们向他表示祝贺。此时此刻，他一点也没有想起巴贝德。忽然，他的肩被一只沉重的手按住，同时有一个讲法文的人发出很粗的声音：“你是来自瓦利斯州吗？”

洛狄转过头来，看到一个面孔通红、神情愉悦且强壮高大的人。他就是贝克斯的那个富有的磨坊主。美丽的巴贝德几乎被他魁梧的身躯挡住了；不过，她的那双光亮乌黑的眼睛却在窥望着洛狄。这个富有的磨坊主非常高兴，因为他的那一州有洛狄这样一个受人尊敬的好射手。洛狄很幸运，他特地到这里来寻找的那个对象，此刻却来找他了。

在遥远的他乡，人们遇见故乡人的时候，立刻会成为朋友，彼此聊起来。在这次比赛中，洛狄凭自己的射击成为最出色的人，正像这磨坊主凭着财富和好磨坊成为家乡的名人一样。此刻，他们彼此握着手。巴贝德也诚恳地与洛狄握手，洛狄凝视了她一会儿，她害羞得满脸通红。

磨坊主说起他们到达这里所走过的那条很长的路，以及途经的一些大城市。听他说来，这次的旅程真的很长，因为他们得坐轮船、火车和马车。

“我选了一条最短的路，”洛狄说，“我是从山上翻过来的，什么路也没有比这高，不过人们最好也试试。”

“也最好试试跌断你的脖子，”磨坊主说，“看吧，你真是太大胆了，早晚会跌断脖子的。”

“只要你牢记跌不下来，那么你就不会跌落！”洛狄说。

磨坊主在因特尔拉根的亲戚邀请洛狄到他们家里，因为他与这富有的磨坊主是同乡。对洛狄来说，这样的邀请是最合他心意的。此时，幸运之神跟他在一起。她永远会和你在一起，只要你相信你自己和牢记这句话：“上帝赐给我们硬壳果，但是他却不替我们把它砸开。”

洛狄坐在磨坊主亲戚的中间，看上去他们好像是一家人。大家都为洛狄是好的射手而干杯；巴贝德也跟着干杯。

黄昏时分，人们在老胡桃树下，在那些漂亮旅馆前的路上散步。这儿的人并不少，稍稍有些拥挤。所以，洛狄只好把自己的胳膊伸给巴贝德扶着。他说，在这里碰到从华德州来的人，他非常开心，因为华德州和瓦利斯州是两个很不错的邻州。他非常诚恳地表达他的快乐，以至巴贝德不由自主地捏了他的手一下。他们像老朋友一样在一起散着步。她是一个娇嫩小巧的人，说起话来却很风趣。她说，从外国来的一些女士的服装和举止很荒唐可笑。洛狄听得津津有味。当然，她没有讥笑她们，因为她们可能是富裕人家的女儿。没错，巴贝德知道得非常清楚，她的干妈就是一个有身份的英国女子。十八年前，这位太太就住在贝克斯。在巴贝德受洗礼时，她送给巴贝德一个非常珍贵的胸针，现在巴贝德还戴着它。干妈给她写过两次信；巴贝德希望今年能在因特尔拉根遇见她和她的女儿。巴贝德说："这几个女儿都是老小姐，快三十岁了。"当然，她自己还未到十八岁。

她那张甜蜜的小嘴一刻也不停。对于洛狄来说，巴贝德所讲的每件事情都很重要。洛狄也讲了自己所知道的事情：他去过贝克斯多少次；关于磨坊他知道得多么清楚；在巴贝德没有注意到他的情形下，他怎样常常看见巴贝德；最近他怎样去过一次磨坊，他的心里充满了一种说不出的情感，巴贝德和她的父亲去了很远的地方旅行，但是这并没有阻止洛狄爬过横在路上的高山。

没错，他讲了这些话，而且还讲了另外一些事情。

他说，他非常喜欢巴贝德，他到这儿来并不是为了参加射击比赛，而完全是为了她。

巴贝德一言不发；洛狄似乎把自己的秘密对她讲得太多了。

他们继续往前走。太阳已落到耸立的石壁后面。被近处山上的黑森林环绕着的少女峰显得格外美丽。许多人都停下来静静地凝望，洛狄和巴贝德也凝望着这壮观的景色。

"这儿是最美的地方！"巴贝德说。

"世上不会再有像这样的地方！"洛狄望着巴贝德说。

"明天，我就要回家了！"洛狄沉默了一会儿又说。

"来贝克斯看我们吧！"巴贝德低声说，"如果你能来，我的父亲会很高兴的。"

五　在回家的路上

第二天，洛狄背着很多东西走在回家的路上。没错，他有三个银杯，两支漂亮的猎枪和一个银咖啡壶。当他自己有了家的时候，这个咖啡壶是会派上用场的。不过，这都不是最重的东西。

天气很差，灰蒙蒙的，下着雨。像丧布似的云块覆在山顶上，盖住了那些美丽的山峰。森林中回响着斧子最后的伐木声。山上滚下粗大的树干。从高处望，这些可以做大船的桅杆的树干很像火柴棒。路西尼河唱起单调的歌，风呼啸着，云块在移动着。

这时，有一个年轻姑娘忽然和洛狄并肩走。他一直没察觉，只有当她贴得这样近的时候，洛狄才注意到她。年轻姑娘也想翻过这座山。她的眼里有一种特殊的魔法，使你必须看向它们；而这对眼睛是那么亮，深得简直没有底。

“你有爱人吗?”洛狄问，因为此刻他体会到的全是爱的感觉。

“没有!”这姑娘说完后就大笑起来。不过她说的好像是假话。“我们这样走太绕远了，”她继续说，“我们可以更往左一点。这样，路会近很多!”

“是的！并且还很容易掉到冰罅里去呢!”洛狄说，“你对这条路并不熟悉，不过你却想做向导!”

“我熟悉这条路!”姑娘说，“而且我的精神也是高度集中。你总在小心下边的冰罅，不过在这儿你应该小心冰姑娘才对。听说她对人类非常不友好。”

“我才不怕她呢!”洛狄说，“我小时候她就捉不住我。现在她更捉不住我；因为我已经长大了。”

渐渐地，天变得更黑了。雨在下着。雪也飞来了，闪着亮光，晃人眼睛。

“把手伸过来吧，让我拉着你爬!”这姑娘说，并且用她冰冷的手指摸了他一下。

“你拉着我?”洛狄说，“我并不需要别人的帮助!”

这样，洛狄大踏步地从她身边走开。雪积落在洛狄的身上，看上去很像一件外衣。风在呼呼地吹。这姑娘在他后面笑着唱着，洛狄听见由她的笑声和歌声引起了一种很怪的回声。洛狄认为她肯定是替冰姑娘做事的妖怪。洛狄小时候曾在这些山上旅行过。在这儿过夜的时候，他听到过这类事情。

雪变小了。洛狄下面有一片云雾。他向后方看了看，什么人也没有，不过他依旧听到笑声和歌声，这并不是人发出的声音。

洛狄到达了山顶；路从这儿开始伸向下边的伦河流域。他望向夏莫尼，看到两颗闪烁的星星在一片蓝天上。于是他想起了巴贝德，想起了他自己和自己的幸运。这些想法使他感觉很温暖。

六　拜访磨坊

“你带回来这么多好东西啊！”洛狄的上了年纪的叔母说。她的奇怪的鹰眼睛发出光；她用一种怪怪的痉挛动作前后晃着她那满是皱纹的瘦颈，而且摇得比平时还要快。“洛狄，你真的很幸运！我得吻你一下，我的亲爱的孩子！”

洛狄让叔母吻了一下，不过从他的脸上可以看出他只是在勉强接受家庭的小小温情。

“你长得真帅气啊，洛狄！”这老太婆说。

“不要叫我不切实际地瞎想吧！”洛狄说，同时大笑了一声。他喜欢听到这类话。

“我再说一遍，”她说，“你真的很幸运！”

“是的，我想你是正确的！”洛狄说，同时想起了巴贝德。

现在，他非常渴望到那深溪里去一趟。

“现在，他们一定已经回来了，”洛狄对自己说，“他们应该到家两天了，我必须去一趟贝克斯！”

于是洛狄去了贝克斯；磨坊里的人都在家。所有人都欢迎他，而且住在因特尔拉根的人也托人向他致意。巴贝德讲的话很少。她现在变得很安静，不过她的眼睛在讲话，对洛狄来说，这已经足够了。磨坊主一直话很多，并且喜欢用他自己的思想和诙谐的话逗别人发笑。不过这次他好像只愿意听洛狄讲自己的打猎故事：羚羊猎人在高山上会遇到怎样不可避免的危险和困难，他们如何做才能在石崖上的不牢的“雪檐”上爬，他们如何走过横跨深渊的雪桥。

洛狄一说起猎人的生活、羚羊的狡猾和它的使人吃惊的跳跃、狂暴的“浮恩”和来势很猛的雪崩，他就非常开心，他的两眼就放出光来。洛狄注意到，他每讲一个新的故事，磨坊主对他的兴趣就增加一分。让磨坊主最感兴趣的是他所讲的一个关于兀鹰和巨鹰的故事。

在离这儿不远的瓦利斯州，有一个鹰窝很奇特地建在悬崖下面。窝里有一只小鹰，要捉住它是一件很难的事情。几天以前，有一个英国人曾经答应过洛狄，假如他能活捉那只雏鹰，这个英国人就给他一大把金币。

“不过任何事情都是有限度的呀！”洛狄说，“那只雏鹰是无法捉到的；除非你疯了，你才敢去试试。”

他们一直在喝酒，一直在聊天。洛狄觉得夜应该再长一些。这是他第一次拜访磨坊，他回去的时候已经过了夜半。

灯光还在窗子里和绿树枝间亮了一会儿。从天窗里爬出来的客厅的猫，与顺着管道走来的厨房的猫相会。

“磨坊里有什么消息吗？”厨房的猫问。

“屋子里有人私订终身，而父亲却什么也不知道。整晚洛狄和巴贝德在桌子底下彼此踩着脚。甚至他们还有两次踩到我的脚爪上，不过为了不引人注意，我并没有叫。”客厅的猫说。

“如果是我，我一定会叫的！”厨房的猫说。

“厨房的事是不能与客厅的事相提并论的，”客厅的猫说，“但是我很想知道，如果磨坊主知道他们订了婚，他会怎样想。”

的确，磨坊主是怎样想的呢？这也是洛狄很想知道的事情。但是总是等着，他可办不到。所以，没过多久，当公共马车在瓦利斯州和华德州之间的伦河桥上走过的时候，车里只有洛狄一个人。他同往常一样，心情很好。他开心地坚信，这天晚上他一定会得到“同意”这个答复。

黄昏时候，公共马车往回走，洛狄也坐在车里往回走，但是一个消息被客厅的猫带进厨房。

“你这个在厨房里待着的家伙，你知道有什么事情发生了吗？现在磨坊主知道了一切。事情结束了！洛狄天黑时来过这儿。他和巴贝德在磨坊主的房间外面的走廊上低声讲了一大堆话。他们没有理躺在他们脚下的我，连想都没有想到我。”

“‘我要当着你父亲的面讲！’洛狄说，‘这是最信得过的办法。”

“‘需要我跟你一块去吗？’巴贝德说，‘给你打打气！’”

“‘我的勇气十足，’洛狄说，‘不过有你在场，无论他同意不同意，他总得客气些。’”

“于是他们就进去了。我的尾巴被洛狄踩得很厉害！洛狄这个人真不灵活。我叫了一声，但是他和巴贝德都没有理我。他们推开门，两个人一起走进去，我当然走在他们前面。我立刻跳到椅背上，因为我担心洛狄会踢我。没想到这次磨坊主倒踢起人来。他踢得很凶！一脚把洛狄踢出门外，一直踢到山上的羚羊那里。此时，洛狄可以瞄准羚羊，但是不可以瞄准我们的小巴贝德了。”

“他们究竟说了些什么呀？”厨房的猫问。

“就是大家在求婚时说的那些话，他们都说了。比如：‘我爱她，她爱我。如果桶里的牛奶够一个人吃，也一定可以够两个人吃的！’”

“‘不过你的地位没有她高！’磨坊主说，‘你知道得很清楚，她坐在一堆金沙上。你是攀不上的呀！’”

“‘只要一个人有志气，世上任何东西都攀得上！’洛狄说，因为他是个直爽人。”

“‘你曾说过，那个鹰窝你是爬不上去的。巴贝德比鹰窝还要高得多。'"

"'我要把这两件东西都拿下来!'洛狄说。"

"'如果你能活捉那只小鹰,那么我就把巴贝德嫁给你!'磨坊主说,同时笑得流出眼泪来,'好吧,洛狄,感谢你来看我们!明天再来吧,你在这儿不会看到任何人了。再会吧,洛狄!'"

"巴贝德也说了再会。她的样子很让人心疼,简直像一只失去母亲的小猫一样。"

"'男子汉,说到做到!'洛狄说,'巴贝德,把眼泪擦掉,我会活捉那只小鹰的!'"

"'我认为你会先跌断你的脖子!'磨坊主说,'如果是这样,那么你再也不能到这儿添麻烦了!'"

"我觉得这一脚踢得很厉害。现在洛狄已经回去了;巴贝德坐在那儿哭泣。不过磨坊主却唱起他旅行时学到的那支德文歌!这类事我也不愿再管了,因为管了没有什么好处!"

"你也就是说说罢了!"厨房的猫说。

七 鹰 窝

山路上飘着一阵让人高兴的歌声。这歌声很洪亮,表达出勇气和愉悦的心情。唱歌的人是洛狄,他要去看他的朋友维西纳得。

"我需要你的帮助!我们得去找拉格利,因为我要取下崖顶上的那个鹰窝!"

"你直接去取月亮里的黑点子吧!这比取那个鹰窝难不了多少!"维西纳得说,"我看你的心情很愉快呢!"

"是的,因为我就要结婚了!但是,讲老实话,我得告诉你实情!"

不一会儿,洛狄让维西纳得和拉格利知晓了自己的用意。

“你这家伙可真顽固，”他们说，“事情不能这样办！你的脖子会被跌断的！”

“只要你牢记跌不下来，你就决不会跌下来的！”洛狄说。

半夜的时候，他们三个人带着竿子、绳子和梯子出发了。路通过松散滚动的石子伸入灌木林；整夜他们都一直向山上爬。他们下面的水在缓缓流淌，他们上面的水在不停地向下滴，漆黑的云块浮在半空中。这队猎人来到一个峻峭的石崖下。任何地方都没有这儿阴暗，两边的石崖几乎要碰到一起了，只有一条很窄的罅缝露出一片天来。深渊就在石崖下面，那里有涓涓细流。

这三个人一言不发地坐着等待天明。如果他们想捉住小鹰，他们必需在天明时一枪打死飞出窝的母鹰。洛狄一动不动，似乎变成了他坐着的那块石头的一部分。他把枪放在面前，扳上了扳机；他的眼睛注视着石崖的顶部，在那儿一块突出的石头底下藏着鹰窝。他们需要等很长的一段时间呢！

忽然，他们听到一阵飕飕声。一只庞大的物体在飞行，把天空遮住了。这黑影刚离开窝，两杆猎枪就瞄准了它，有一枪射了出去。那双张着的翅膀拍了几下，接着就有一只鸟慢慢地坠落下来，这只鸟张着翅膀坠落，几乎可以填满整个深渊，甚至把这三个猎人也打下去。最后这鸟儿消失在深渊里。它在坠落时碰断了许多树枝和灌木林。

现在，这三个猎人开始工作了。三把最长的梯子被他们头抵头地绑在了一起；这样做的目的是使这梯子能到达很高的地方。不过，梯子最上面的一级所能到达的地方距离鹰窝还有段距离。鹰窝就藏在一块突出的石头底下，而通到这窝的石壁非常光滑。经过一番商议，这三个人决定再绑两把梯子，并从崖顶放下来，跟下面的三把梯子连接起来。他们把费了好大劲儿才找来的两把梯子头抵头地用绳子绑好，然后再沿着那个突出的石头放下它们，这样梯子就悬在了深渊的半空，而洛狄则坐在它们最低的一个横档上。这个清晨是寒冷的，云雾渐渐升到这个漆黑的深渊的上空。洛狄好像是雀子在筑巢时在工厂烟囱边上放的那根草上的苍蝇，而这根草正在飘动。倘若这根草掉下来，那么只有苍蝇可以展开翅膀，逃离死亡。洛狄是没有翅膀的，他只会跌断脖子。风在他身边呼啸着，深渊里的水正从融化着的冰河——冰姑娘的宫殿里轰轰地向外流。

洛狄把这梯子前后摇摆着，正如一只蜘蛛想网住物件时摇摆细长的蛛丝一样。他在第四次碰到下面的梯子时，终于紧紧地钩住下面的梯顶，并用双手把悬着的和搭着的梯子绑到一起。不过，梯子依旧在摇摆，似乎它们的铰链全都松了。

这五个梯子连在一起的长梯子仿佛一根飘摇的芦苇，撞着垂直的石壁。现在他得像一只猫似的爬上去，这是相当危险的。洛狄做起这种事来是很容易的，因为他已从猫那儿学会了怎样爬。他一点也不知道昏迷之神就飘在他后面的空中，并且正向他伸出珊瑚虫一样的手。当他爬到梯子顶上的时候，他才发现他的高度根本看不到鹰窝里的情景。他只好用手去够。他摸了一下鹰窝底下那些密密的枝条，看它们够不够结实。他抓住一根牢固的枝条以后，顺势一跃，就离开了梯子，这样他的头和胸部就在鹰窝上面。这时，他闻到一股恶臭，因为鹰窝里有很多腐烂了的羚羊、雀子和绵羊的死尸。

昏迷之神控制不了他，所以只好把这些有毒的臭味朝他吹去，让他昏过去。在下边的黑色深渊里，冰姑娘披着雪白的长发，坐在翻腾的水上，用一双冷冰冰的眼睛盯着洛狄。

“现在我要捉住你了！”

洛狄在鹰窝的一角看到了小鹰。虽然现在它还不能飞，但是它已经是一只庞大、凶恶的鸟了。洛狄全神贯注地盯着它。他使出全力用一只手稳住自己的身体，同时用另一只手在这只小鹰的身上套上绳子的活结，这只鸟终于被活捉了。它的腿被洛狄牢牢地系在活结里，洛狄把它向肩上一扔，让它低低地悬在他下面。这时，他牢牢地握住从上面放下来一根绳子，缓慢下落，直到他的脚尖触到梯子最高的一根横档为止。

“扶稳！只要你牢记跌不下来，你就永远不会跌下来！”他在小时候就已有这种认识；如今他依照这种认识做事。他扶着梯子稳稳地向下爬。因为他牢记他不会跌下来，所以他就没有跌下来。

此时，我们听到一阵胜利的欢呼声。洛狄拿着小鹰，毫发无损地站在坚实的石地上。

八 客厅的猫透露出的消息

“您想要的东西我带来了！”洛狄说。此时，洛狄走进了贝克斯的磨坊主的家里。他把一个大篮子放在地板上，揭开盖子后有双黑圈围着的黄眼睛放出凶狠的光。这双眼睛非常明亮，也非常凶猛，似乎要燃烧起来、把所看见的东西都咬一口。这鸟大张着短而结实的嘴，似乎准备咬人。它的颈是红色的，盖着一层绒毛。

“小鹰！”磨坊主说。巴贝德大叫一声，同时向后退了几步；不过她的目光始终都在洛狄和这小鹰身上。

“你却没有害怕！”磨坊主说。

“而你也要说话算话！”洛狄说，“每个人都有自己的特点！”

“但是，你的脖子怎么没有跌断呢？”磨坊主问。

“因为我抓得很用力呀！”洛狄回答说，“现在我还是会这样！我要牢牢抓着巴贝德！”

“还要再看看，看她什么时候能属于你！”磨坊主说，同时大笑起来。他的这种笑是一个很好的预兆，巴贝德知道。

“你得马上从篮子里拿出这小鹰，它盯着人的模样太恐怖了！你用什么方法活捉了它？”

现在洛狄必需得叙述一番了。磨坊主的一对眼睛望着他，越睁越大。

“你的勇气十足，还这样的幸运，你完全可以养活三个太太！”磨坊主说。

“非常感谢您!”洛狄大声说。

“不过此刻巴贝德仍不会属于你!”磨坊主说着，并开玩笑地在这年轻猎人的肩上拍了一下。

“最近，磨坊里又有新消息了。”客厅的猫对厨房的猫说，“洛狄把一只小鹰送给我们，不过他却要巴贝德作为交换。他们已经在她爸爸面前接过吻了！这说明他们订婚了！他没有被老头子踢出去。他缩着脚，打起瞌睡来，而洛狄和巴贝德坐在一起，不停地说话。不到圣诞节，他们彼此要说的话真是说不完的!”

实际上，到了圣诞节他们也没有说完。黄叶被风吹得满天飞；山谷里飘着雪，山上也飘着雪。冰姑娘坐在华丽的宫殿里，而在冬天这宫殿会逐渐扩大。一层冰块盖在石崖上；冰柱像笨重的象牙似的悬挂在上面，夏天的这儿则是大雾弥漫。多姿多彩的冰花盖满了杉树。冰姑娘乘着风在深谷里飞驰。雪地已延伸到贝克斯来，所以冰姑娘也能顺着延伸的雪地到达贝克斯，而且能看到坐在屋子里的洛狄。他总是跟巴贝德坐在一起，但他以前并没有这样的习惯。他们将在夏天举行婚礼。他们的耳朵里总响着声音，因为他们的朋友经常提起他们。

一切都像阳光般明朗；连最美丽的石楠也开了。美丽的、开心的巴贝德像春天——那使所有鸟儿歌唱夏天和婚礼的春天。

“他们两个人相偎着坐在一起!”客厅的猫说，“总能听到他们的低声细语，这让我很腻烦!”

九 冰姑娘

春天来了，胡桃树和栗树上挂着嫩绿的花环。圣·莫利斯桥和日内瓦湖以及伦河沿岸的胡桃树和栗树生长得尤其茂盛；在伦河的源头，冰河底下的水流在奔腾着。这冰河就是冰姑娘住的宫殿。她乘着疾风从这儿飞向最高的雪地，在被温暖的阳光下照射的雪榻上休息。她坐在这里凝望着深谷。在深谷里，人显得很渺小，就像石头上的蚂蚁一样，不停地忙碌着。

“你们被太阳的孩子们称为智慧的巨人!”冰姑娘说，“但你们只是蚂蚁罢了。只要滚下一个雪球，就能彻底毁灭你们和你们的房子以及城市!”

于是她把头昂得更高，她用放出寒光的眼睛望了一眼自己的周围和下面。不过，山谷里传来一阵隆隆声。这是人类在炸毁石头。人类在炸山洞和铺路基，准备修建铁路。

“他们像鼹鼠似的工作着!”她说，“他们在炸山洞，因此我能听见这种好像放枪的声音。而我在挪动我的宫殿时，那声音比雷轰还大。”

此时从山谷里升起一股浓厚的烟，它随风飘散着。这是火车头冒出的烟柱，火车正沿着一条新建的蛇形轨道疾驶。

“这群‘智慧的巨人’把自己当成主人!”冰姑娘说，“不过大自然才是一切的主宰啊!”

于是她先是大笑，之后又唱起了歌。她的歌声回荡在山谷中。

“又发生雪崩!”住在下边的人说。

不过太阳的孩子们用洪亮的声音歌唱着人的智慧。人的智慧约束着海洋，削平高山，填满深谷。它统治着一切，使人成为大自然的一切威力的主人。这时，有一队旅人走在大自然所统治着的雪地上。他们用绳子把自己连在一起，以便他们在深渊旁边光滑的冰上更有力量地行走。

“你们这些蚂蚁啊!”冰姑娘说，“大自然的威力的主人就是你们吗?”

她把视线从这队人身上移开，藐视地望着正在山谷里行驶着的火车。

“摆在那儿的就是他们的智慧！大自然的威力掌控着他们：我看透了他们每个人！有一个人独自坐着，骄傲得像一个皇帝！有些人挤在一起！还有一半的人在睡觉！只要这条火龙一停，他们就会各奔东西。这样，他们的智慧就无法集中在一起了!”

她又大笑了一通。

“又有一座雪山崩塌了！”住在山谷里的人说。

“它是不会到我们这的。”坐在火龙后面的两个“心心相印”的人说。他们就是巴贝德和洛狄，磨坊主也跟他们在一起。

“我被当做行李的同行！”他说，“在这儿我是一个累赘。”

“洛狄和巴贝德也坐在里面！”冰姑娘说，“我摧毁了很多只羚羊，也折断了很多棵石楠，甚至连它们的根也不留。我要摧毁人类精神的力量——智慧！”

她大笑起来。

“又有一座雪山崩塌了！”住在山谷里的人说。

十　巴贝德的干妈

克拉伦斯、维尔纳克斯和克林三个小镇在日内瓦湖的东北部形成一个花环，蒙特鲁是离这儿最近的一个城市。巴贝德的干妈带着她的几个女儿和一个年轻的亲戚就住在蒙特鲁。尽管她们到这儿来没有多久，但是磨坊主早已把女儿的订婚消息告诉了她们。他还讲了洛狄、那只小鹰以及他到因特尔拉根去的事情。总之，他把事情的经过都说了。她们听了很开心，同时对洛狄和巴贝德以及磨坊主表示关怀，并且邀请他们三个人来看看她们。他们现在就是因为这个缘故才来的。巴贝德想见干妈，干妈也想见巴贝德。

在日内瓦湖的尽头，有一只船停在维也奴乌小镇下边。从这儿坐船到离蒙特鲁不远的维尔纳克斯只需半个钟点。诗人们常常歌颂这湖滨。拜伦曾经坐在这深绿的湖畔的胡桃树下，创作和谐的诗篇，叙述被监禁在黑暗的锡雍石牢里的囚徒。隐在垂柳中的克拉伦斯映在水面；卢梭常来这附近散步，构思着他的“新爱洛伊丝”。伦河流淌在沙伏依州的雪山下；一个小岛位于离它流入湖的出口处不远的地方。从岸上望去，这岛简直像一条小船。实际上，它是一个石礁。在一百年以前，有一位贵妇人在它的周围填上了土，同时又在它的上面盖了一层土。现在岛上长的三棵槐树遮住了整个岛。巴贝德认为，这是她全部旅行中所看到的最可爱、也是她本人最喜欢的一个处所，她上去看看。在她看来，在这个小岛上散散步一定是的。不过轮船直接从它旁边开了过去，因为这只船只有到维尔纳克斯才停下来。

在阳光下，这一小队旅客走在围墙之间，这些墙把蒙特鲁面前的许多葡萄园都围了起来。许多无花果树在农家的茅舍前投下阴影；在花园里生长着许多月桂树和柏树。半山腰有一个旅馆，巴贝德的干妈就住在里面。

干妈是一个高大、和善的女人，她面带笑容地、诚恳地欢迎他们。她小时候一定跟拉斐尔所刻的安琪儿差不多。现在她的头与安琪儿的头很像，但却老了许多，头发也全白了。她的几个女儿都是美丽、文雅，又高又苗条的女子。跟她们在一起的表哥穿着一身白衣服，他的头发是金黄的，他的一脸黄络腮胡子足够分给三个人用。他对巴贝德很有好感。

一些装帧精美的书籍、乐谱和图画堆在桌子上。站在阳台上，他们可以望见外面那个清亮平静的湖。沙伏依州的山、小镇、树林和雪峰都映在这美丽而广阔的湖面上。

洛狄原本是一个直爽、活泼的人，可此时他感到很不自在，连走路都是小心翼翼的。他真希望时间过得快一些。他觉得好像他在踩着踏车。他们还要去外面散步，这是让人感到非常腻烦的！如果洛狄向前走两步，那么他必须再退后一步才能跟大家看齐。他们将要去石岛上的阴暗的锡雍古堡看刑具、地牢、挂在墙上的锈链子、死刑犯所坐的石凳、地板门——死刑犯就是从这门被扔到水里的铁桩上去的。

他们很高兴看到这些东西！这是一个刑场；拜伦把它描绘进诗歌的世界。不过洛狄仍然觉得它是一个执行死刑的地方。他把头伸向窗外，望着深绿的水和那个长着三棵槐树的小岛。他此刻很想到那个岛上去，而不想跟这些说个不停的朋友在一起。然而，巴贝德的兴致很高。巴贝德后来说，她很高兴加入这次出游；她还觉得那位表哥是一个十足的绅士。

“一个十足的牛皮大王！”洛狄说。这是洛狄第一次说出让她不开心的话。

为了使巴贝德便于阅读，这位英国人送她一本拜伦的诗《锡雍的囚徒》的法译本作为游历锡雍的纪念物。

“这本书可能很不错，”洛狄说，“不过我讨厌这个油头粉面的家伙。他送你这本书，并不能使我高兴。”

“他的样子像极了一个没有装面粉的面粉袋。”磨坊主说，同时大笑起来。

洛狄也大笑起来，夸赞这话说得很好，很正确。

十一　表　哥

几天以后，洛狄到磨坊去，他看见那个油头粉面的家伙也在那里。巴贝德在他面前放下一盘清蒸的鳟鱼，并且亲手用荷兰芹把鱼点缀了一番以引起人的食欲，但这完全没有必要。这个家伙为什么到这儿来？为什么巴贝德要这样奉承他呢？洛狄吃起醋来，但这让巴贝德很高兴。她怀着极大的兴趣来了解洛狄内心的弱点和优点。

对巴贝德来说，爱情仍然是一种消遣；现在她就在捉弄洛狄整个的心灵。但是我们必须承认，她的幸福源于洛狄，洛狄是她的思想的中心，是她在这世界上最珍贵的东西。虽说如此，可洛狄越显得难过，她就越显得高兴。她还愿意吻一下这位长着一脸黄络腮胡子的金发英国人呢，如果这能够气走洛狄，就证明洛狄爱她。小巴贝德的这种做法是不对的，也是愚蠢的，但是她不过才十九岁呀！她不大会思考，她更不会想到，她的这种做法会给那个英国人带来怎样的后果，而对于一个诚恳的、订过婚的磨坊主的女儿来说，会显得多么不当。

磨坊位于从贝克斯通到此地的路旁一座积雪的石峰下。一条激流的山溪就在它的不远处。溪里的水似乎盖了一层肥皂泡而呈灰白色，不过这溪水并不是推动磨坊轮子的动力来源。从河另一边的石山上流下来另外一条小溪，它冲进一个用石头拦起的蓄水池，再注入一个木槽，与河水汇合一起来推动那个磨坊轮子。木槽里的水漫到边上。想走近路去磨坊的人，就得从这又湿又滑的木槽边缘上踩过去。那个金发英国人很想试一下！

一天夜里，那个金发英国人像一个磨坊工人似的穿上一身白衣服，在巴贝德的窗口的灯光的引导下，爬过了这木槽。他从来没有学过爬，所以他差一点就倒栽葱地掉进水里。但他的运气好，只是弄湿了袖子，弄脏了裤子。当他来到巴贝德的窗下时，他已经是全身湿透，遍体泥巴。他爬上一棵菩提树，发出一种猫头鹰的叫声，这也是他唯一会模仿的声音。巴贝德听到这叫声，就在薄薄的窗纱后面向外窥探。她看到一个白色的人形，是的，她已经猜到这是谁了。她害怕得心跳加快，赶忙熄灭灯，并仔细地插好所有的窗子，让那个金发英国人尽情地学一阵猫头鹰叫。

这时如果洛狄在磨坊里，那么事态就要严重了！不过洛狄不在磨坊里，但是，比这更糟：洛狄就在这菩提树下。他们大吵起来，可能打起来，甚至弄出谋杀事件也说不定。

巴贝德赶紧打开窗子，叫着洛狄的名字，让他赶快离开，并且说不准他留在这儿。

“你不准我留在这儿！”洛狄高声说，“看上去你们早已约好了！你想要有好朋友——比我还要好的人，巴贝德，你简直疯了！”

“你真可恶！”巴贝德说，“我讨厌你！”她哭起来，“滚开！滚开！”

“你怎么可以这样对我！”洛狄说。当他离开时，他的脸上和心里都像有团火在燃烧。

巴贝德倒在床上哭起来。

“洛狄，我那么爱你，你却把我当成一个坏人！”

巴贝德非常不高兴。这对她来说是有好处的，要不然她会感到更难过。现在她睡得着了——可以有一次恢复精神和青春的睡眠了。

十二 妖 魔

洛狄走在回家的路上。他爬上空气清凉的高山；山上有积雪，由冰姑娘统治着。下边是一片枝繁叶茂的树木，看起来如同一片马铃薯的叶子。从上面看，杉木和灌木林都显得非常小。被雪覆盖的石楠，东一堆，西一堆，如同晾在外面的被单。洛狄用枪托摧毁了一棵挡住他去路的龙胆。

两只羚羊出现在更高的地方。洛狄一想到其他东西，他的眼睛就马上亮起来。不过若想射中这两只羚羊，距离还有点儿远。所以他再向上爬，直到爬上一块只长着几根草的石堆。此时，这两只羚羊正悠闲地走在雪地上。他加快步子；云块罩住了他。他来到一个峻峭的石崖面前；这时，天空下起倾盆大雨。

他感到喉咙很干。他的头脑像火烧着那样热，但是他的四肢寒冷。他拿出打猎用的水壶，但是壶里一滴水也没有，因为他一赌气爬上山的时候，忘记了灌水。他从来都没有病过，不过现在他觉得自己病了。他非常疲倦，很想躺下来睡一觉，但是周围都是水。他很想打起精神来，不过他眼前颤动着奇形怪状的东西。此时他忽然看见一个靠着石崖新近搭起来的小茅屋。一个年轻姑娘站在门口。洛狄起初把她当成那个塾师的女儿安妮特，但她不是安妮特。他确信他们以前见过面，可能就是他们参加因特尔拉根的射击比赛后回家时，在格林达瓦尔得他们见过。

“你来自哪里？”洛狄问。

“我就住在这儿呀！”她说，“我在这儿放羊！”

“羊！可这儿只有雪和石头呀！羊在什么地方吃草呢？”

“你知道的东西真多！”她说，同时大笑起来，“在我们后面更低一点的地方有一个非常好的牧场。我的羊儿就在那里！我很擅长看羊，我从来没有丢过一只。我的东西永远都是我的。”

“你的胆子可真大！”洛狄说。

“你也很大胆呀！”她说。

“请你给我一点牛奶喝，如果你有的话。现在我很渴！”

“我有比牛奶还好的东西，”她说，“你可以喝一点！昨天有几个人住在这里，他们留下了半瓶酒，恐怕你从来没有尝过这种酒，他们也不会回来取的，我又不会喝酒。你拿走吧！”

这样，她取出酒，并倒在一个木杯里，拿给洛狄。

“这酒真好喝！”洛狄说，“这是我第一次喝这样让人温暖的烈酒！”

洛狄的双眼放出亮光，身体处于亢奋状态，好像忧愁和烦恼都不存在似的。他看上去充满生命力。

“她肯定塾师的女儿安妮特是！”他大声说，“吻我一下吧！”

“那么，请给我你手上的这个漂亮的戒指吧！”她说。

“你是说订婚戒指？”洛狄问。

“没错，就是它。”她回答说。

她又倒了满满一杯酒，并把这酒送到洛狄的唇边。洛狄喝了下去。愉悦的感觉似乎在他的血管流动，他觉得他拥有整个世界，他没有必要使自己苦恼，一切东西都因我们的愉快和享受而存在着。生命的河流就是幸福的河流。让它托起你，让它带走你，这就是幸福。他注视着这个女孩。她不是安妮特，同时也是安妮特；不过她完全不像他在格林达瓦尔得附近见过的那个“鬼怪”。这个女孩新鲜得像刚下的雪，娇艳得像盛开的石楠，活泼得像一只羔羊。但是她依旧是用亚当的肋骨造出来的一个活生生的人。

洛狄望着她那对清亮得出奇的眼睛，用双手搂着她。我们无法用语言把这相望的一秒钟形容出来。不知道洛狄的整个身体是被妖精还是死神控制了，他现在升在高空中，也可以说他坠进了一个恐怖的、阴暗的冰罅，而且越坠越深。他的眼前是像深绿色的玻璃一样明亮的冰墙，他处于张着口的无底深渊中。滴水如同钟声一样响，如同珠子一样亮，发出淡蓝色的光芒。冰姑娘给他的这一吻让他打了一个寒颤。他痛苦地叫了一声，从冰姑娘手中挣脱，蹒跚了几步，接着就倒下了。他的眼前漆黑一片，不过很快他又睁开了眼睛。妖魔跟他开了一个玩笑。

那个女孩消失了，那个避风雨的茅屋也消失了。水从光秃的石头上流下来，周围是茫茫雪地。洛狄在瑟瑟发抖，他全身是湿透的；巴贝德给他的那个订婚戒指不知道到哪里去了。他的猎枪在旁边的雪地上躺着。洛狄拿起它，放了一枪，但是没有声音。潮湿的云块如同大堆积雪填满深渊。坐在这儿的昏迷之神，等待着那些倒霉的牺牲者，她下边的深渊里发出一阵响声。听起来好像有一堆石头在坠落，而且在摧毁着一切阻碍它的东西。

巴贝德坐在磨坊里哭。六天过去了，洛狄并没来。这一次就是他的错，他应该向她道歉，因为她完全是爱着他的。

十三　在磨坊主的家里

“那些人太不像话了！”客厅的猫对厨房的猫说。“巴贝德和洛狄好像分手了。她在哭，但洛狄一点也不想她。”

“我讨厌这种态度。”厨房的猫说。

“我也讨厌这种态度，”客厅的猫说，“但是我不认为这件事会令人难过。巴贝德可以嫁给那个一脸络腮胡子的人。这个人自从那次想爬上菩提树以后，就再也没有来过这儿。”

妖魔鬼怪对我们的身里身外施展他们的诡计。洛狄很清楚这一点，并且还思考过这事情。在山顶他遇见的和经历的是什么呢？是妖精，还是发热时的幻觉呢？那是他第一次发热、生病。他埋怨巴贝德的时候，也同时反省了自己。他回忆起那次野猎，那次狂暴的“浮恩”。他敢把自己的那些一受到诱惑就可以变成行动的思想向巴贝德坦白吗？他弄丢了巴贝德的戒指，不过，巴贝德也因此才重新得到了洛狄。巴贝德也能对他坦白吗？洛狄一想到巴贝德，就觉得自己的心要爆炸。洛狄回忆起很多事情，记忆中的巴贝德是一个愉快、欢笑、活泼的孩子，并且巴贝德对他讲过许多甜蜜的话。现在巴贝德的那些知心话像阳光一样射进他的心房，于是他的心中充满了阳光。

巴贝德得对洛狄坦白；她应该这样做。

所以洛狄去了磨坊。她坦白了。坦白以一个吻开始，以洛狄承认错误结束。洛狄是不应该怀疑巴贝德的忠诚的，他确实太坏了！两个人可能会因他的不信任和鲁莽的行动而感到痛苦。而结果确实是这样！巴贝德教训了他一顿——她很愿意这样做，因为这看起来很恰当。不过洛狄说得也没错，干妈的侄子是一个牛皮大王。巴贝德会烧掉他送给她的书，她是不愿保留任何可以使她记起的纪念物的。

“现在他们又和好了，”客厅的猫说，“洛狄又来这儿了，他们相互了解。这是他们最大的幸福。”

“昨天晚上，”厨房的猫说，“我听到耗子说，最大的幸福是蜡烛油，是饱吃一顿臭腊肉。现在我们应该相信谁呢？是耗子，还是这对恋人？”

“谁的话也不要相信！”客厅的猫说，“这个办法最安全。”

洛狄和巴贝德的最大的幸福，也就是大家所谓的最快乐的一天，举行婚礼的这一天快要到来了。

不过婚礼却不在贝克斯的教堂里或磨坊里举行。婚礼将在蒙特鲁的一个漂亮的小教堂里举行，这是巴贝德的干妈所希望的。磨坊主也坚持这样办，因为他知道巴贝德的干妈会送礼物给这对新婚夫妇。为了这件礼物，他们应该表示某种迁就。日期已经定了。在结婚的前夜，他们得去维也奴乌，然后在第二天清晨乘船去蒙特鲁。这样，干妈的几个女儿才有时间把新娘打扮一番。

“我认为改天他们会在家里再补一次婚礼吧!”客厅的猫说,“如果不是这样的话,我可要对这整件事儿喵几声了。”

“这里会有一个宴会!”厨房的猫说,“他们会杀鸭子和鸽子,他们还会在墙上挂一只整鹿。我一看到这些东西,口水就不禁流出来。明天就是他们动身的日子了。”

是的,明天就要动身!这一天晚上,作为一对订了婚的情人,洛狄和巴贝德最后一次坐在磨坊主的家里。

外面,一片红霞出现在阿尔卑斯山上。暮钟敲起来了。太阳的女儿们唱着:“希望一切顺利!”

十四 夜里的梦幻

太阳渐渐消失在地平线。云块低垂在高山之间以及伦河的盆地上。风从南方吹来——从非洲吹来。它像“浮恩”似的吹过阿尔卑斯山,这些云块被它撕成碎片。当它吹过去的时候,空中有了片刻的沉寂。在多树的山中,在奔流的伦河上,疏疏的云块呈现各种奇特的形状。它们像原始世界的海怪,像空中的飞鹰,像沼泽地里跳跃着的青蛙。在奔流的河上,它们好像在行驶,但又好像飘在空中。河水卷着一棵连根拔起的松树向下流。树的周围,转动着一串一串的漩涡。这是昏迷之神和她的姐妹们在泡沫上跳着旋舞。山峰上的积雪,黑森林和奇特的云块被月亮照得透明。这是夜里的幻景,大自然的精灵,山上的居民都可以在窗里望见。这些幻景在冰姑娘面前成队地浮现过去。冰姑娘刚从冰宫里走出来,她正坐在一条摇摆的船上,也就是被那棵连根拔起的松树。冰河的水载着她漂向广阔的湖面。

“客人全都来参加婚礼了!”这是空中和水里一起发出的吟唱声。

外面是幻景,里面也是幻景。巴贝德做了一个很奇怪的梦。

似乎她跟洛狄已经做了好几年的夫妻。洛狄在外面猎取羚羊，她则留在家里。她身边坐着那个年轻的、长了一脸黄络腮胡子的英国人。他的眼睛里充满了热情；他说的话富有魔力。所以当他向她伸出手的时候，她就不由自主地跟着这个英国人走。他们离开家，一直走着！巴贝德觉得心中压着一件很重的东西。她在做一件对不起洛狄的事情，对不起上帝的事情。这时，她忽然发现她身边并没有人；她的衣服被荆棘撕破了，她的头发已经变得灰白。她忧伤地抬起头，看见了坐在一个岩石的边缘上的洛狄。她把手伸向洛狄，不过她既不敢求洛狄，也不敢喊洛狄。实际上，这样做并没有多少好处，因为她马上发现那并不是洛狄。那不过是挂在一根爬山杖上的猎衣和帽子，这是猎人用来欺骗羚羊的伪装。在极度的悲痛中，巴贝德呼号着说：

"啊，我希望在我最快乐的那一天也就是我结婚的那一天，死去！上帝，我的上帝！这样是幸福的。我和洛狄所能希望的最好的东西也莫过于此！各人的将来没有人知道！"

于是，她很失望地怀着一种质疑上帝的心情投入一个深渊里去。一根线似乎断了，山中响起一个痛苦的回音！

巴贝德醒过来，梦消逝了。但是她知道，她做了一个噩梦：她梦见了几个月不曾见过或想过的表哥。她不知道表哥是否仍住在蒙特鲁，是否会来参加她的婚礼。她撇起嘴，皱起眉头。不过很快她露出一个微笑；她的眼睛亮起来。太阳在明朗地照着。她和洛狄明天就会举行婚礼。

她走下楼的时候，洛狄已经在客厅里了。他们马上就动身到维也奴乌去。他们非常开心；磨坊主也一样。他在愉快地笑。他是一个正直的人，一个好父亲。

"现在我们是家里的主人了！"客厅的猫说。

十五 结 尾

他们开心地抵达维也奴乌，这时天还没有黑。他们就坐下来吃晚饭。磨坊主衔着烟斗坐在靠椅上睡着了。洛狄和巴贝德手挽着手走出城，沿着公路，在深绿的湖边，在长着绿色灌木林的石崖下漫步。清亮的湖面倒映着阴森的锡雍石牢的灰墙和高塔。附近那个长着三棵槐树的小岛看起来像漂在湖上的花束。

“那上面肯定非常漂亮！”巴贝德说。

她渴望着能到岛上去看一下。她的这个愿望马上就实现了，因为一条小船停在岸旁。解开绳子并不是一件难事。旁边没有人，所以他们不需向任何人请求许可。因为洛狄是一个划船的能手，所以他们没有一丝犹豫地跳上船。

被船桨分开的水，看上去那么柔顺，但同时又那么坚韧。这水有一个承受重担的背，也有一张能吞没一切的嘴，那是一张温柔、安静但同时又相当可怕、凶残的嘴。船的后方留下一条满是泡沫的水痕。他们很快就来到了小岛，接着他们就下了船。岛上只有够他们两人跳舞的空间。

洛狄和巴贝德跳了一会儿舞，然后就坐在低垂的槐树下的一个凳子上。落日的晚霞照在他们身上，他们手挽着手，情意绵绵地望着对方。山上的松林，像盛开的石楠一样，呈现一层紫丁香的色彩。树林尽头的一堆巨石射出亮光，好像它们是一个透明的整体。天上的云块像火在燃烧，整个湖仿佛一片羞红的玫瑰花瓣。当黄昏到来时，沙伏依州的那些雪山呈现出深蓝的颜色。但是，最高的峰顶依旧像红色的火山熔岩那样发亮，还似乎反映出那山峰当初由熔岩形成、还未冷却时的景象。这是他们第一次看到这样的落日。那座积雪山峰射出光芒，仿佛刚升到地平线上的满月。

“好美！好幸福！”他们两人齐声说。

“这是这个世界上最好的东西了，”洛狄说，“这样的一晚简直比得上整个的一生！我已很多次像现在一样，深深地感到幸福。我曾经想过：假如我现在什么也没有了，我依旧可以说这一生是幸福的！这个世界充满了快乐。这一天过去，另外一天又到来，而这新的一天似乎比过去的一天还要美丽！巴贝德，我们的上帝真是太好了！”

“我也从内心深处感到幸福！”她说。

“这是这个世界上最好的东西了！”洛狄大声说。

从沙伏依州的山上，从瑞士的山上飘来教堂的钟声。尤拉山罩着金色的光圈耸立在西边的地平线上。

“但愿上帝赐给你一切最光明、最美好的东西！”巴贝德低声说。

“上帝会的！”洛狄说，“我很快就会得到这些东西。明天你就完全是我的美丽的、可爱的妻子！”

“船！”巴贝德忽然叫起来。

他们要划回去的那条小船从这小岛上飘走了。

“我要去拉回它！”洛狄说。

他把上衣扔到一边，脱下靴子，然后跳进湖中，用尽全力地向船游去。

山上冰河流出的这清亮的、深绿色的水又深又冷。洛狄向水底望了一眼，但是他似乎看到了一个闪光的金戒指。这是他失去的那个订婚戒指，此时这个戒指越变越大，成了一个发着光的圆圈，圆圈里有一条明亮的冰河。河的两边是一些张着大口的深渊，水滴下去时像钟声一样地发响，同时射出淡蓝色的火焰。只是一眨眼的工夫，他看到了一个场景，而我们需用许多话才能说清楚它。

深渊里有许多死去的人，他们像活人似的站着；他们在不同的时间坠落到这里。他们的眼睛睁着，他们的脸上露出笑容，一片从沉沦了的城市的教堂里所发出的钟声响彻在他们下面，教堂里跪着做礼拜的人。冰柱像是风琴的管子，激流就是它奏出的音乐。坐在这一切下面的清亮而透明的地上的冰姑娘向洛狄伸出手来，并吻了他的脚一下。于是一种死亡的冷气像电流似地通过他的全身。当一个人突然接触到冰和火时，他很难将它们分辨清楚。

“你是我的！我的！”他的周围回响着这个声音，“当你还是一个孩子的时候，我吻过你的嘴。此刻，我又吻你的脚趾和脚跟！你完全是我的！”

于是他消失在这清亮的蓝水底下。

周围一片寂静。教堂的钟声也没有了，它最后的回音是跟暮云的影霞一齐消失的。

“你是我的！”冰底下的一个声音说。“你是我的！”高处的一个声音说，太空的一个声音说。

从这个爱情飞到那个爱情，从地上飞到天上——多美啊！

一个生命消失了，周围响起一片哀悼的声音。凡人的生命被死神的一个冰吻夺去了。人生的前奏曲才刚刚响起，人生的戏剧，就已经结束了。噪音在大自然的和谐音乐中被融化了。

这能算是一个悲哀的故事吗？

不幸的巴贝德！对于她来说，这真是一个痛苦的时刻！那条船越漂越远。没有人知道这对快要结婚的恋人来到这个小岛。黄昏在逼近，云块在聚集，夜幕在下垂。孤单失望的她哭了起来。暴风雨马上就要来了。闪电在不停地掣动，尤拉群山、整个瑞士以及沙伏依州都被照亮了。闪电飞光，雷声轰鸣。有时，闪电的强光会把每根葡萄秆都照耀出来；不过很快，周围又变成漆黑一团。闪电以叉子、指环和波浪的形状射向湖里，周围被照得透明。四周回响着轰隆隆的雷声。船只已被岸上的人拖到岸边停好。一切有生命的东西都急忙去寻找栖身的地方。天空下起瓢泼大雨。

“在这阵暴风雨中，洛狄和巴贝德在哪呢？”磨坊主问。

一阵悲痛和流泪后，巴贝德把头搁在膝上，双手合着坐在那儿，她一点力气也没有了。

“洛狄躺在阴暗的水里，”她对自己说，“他像躺在冰河底下的似的水里。”

此时，她想起了洛狄说过的话：他的母亲如何死去，他自己如何得救，人们如何把像一具死尸似的他从冰河的深渊里抱起来。

“他又被冰姑娘捉去了！”

一阵闪电发出的亮光照在白雪上。巴贝德跳起来。这时，整个湖就像一条明亮的冰河。冰姑娘态度庄严地站在那上面，身上发出淡蓝色的光。洛狄就躺在她的脚下。

“他是我的！”她说。然后周围又是一片漆黑和瓢泼大雨。

“这太残忍了！”巴贝德呻吟着说，“为什么在我们的幸福才开始的时候他就永远离开我了呢？啊，上帝啊，这到底是为什么？请您解释一下吧！请您开导我的心吧！我不懂得您为什么这样做，我在您的威力和智慧之中找不到一点线索！”

于是上帝指点了她。在头天晚上她的梦里，一个记忆，一线慈悲的光，全都在她的心里闪过。她记起了她为自己和洛狄所希望得到的最好的东西所讲的话。

“我真不幸！我不相信这一切都源于我心中罪恶的种子，我的梦不可能成为我未来生活的缩影的。莫非只有不去想未来的事我才能消罪吗？我真的太不幸了！”

在这漆黑的夜里，她呜咽起来。在深沉的静寂中，她好像听到了洛狄在这世界上最后所说的话语：“这是这个世界上最好的东西了！”这话是在最快乐的时候讲的，现在它在悲哀的心里发出了回音。

过了一年又一年，这湖在微笑；湖岸也在微笑。葡萄树上结满了果实。挂着双帆的游艇像蝴蝶似的行驶在平静如镜的水面上；一条铁路在锡雍石牢后面，深深地延伸进伦河两岸。每到一站，就有许多陌生人下车。他们拿着精装的红色《游览指南》，研究着他们可以去看看哪些风景区。他们浏览犀永狱，并且也看到了那个长着三棵槐树的小岛。那对新婚夫妇的故事被写进“旅游指南”，这些游人才知道，这对年轻人如何在1856年的一个晚上划过去，新郎如何失踪，直到第二天早晨岸上的人才听到新娘失望的呼救声。

但是《游览指南》并没有提及巴贝德在父亲家里所过的安静生活，这个家当然不是指磨坊，因为他们已不住在那里。她住在车站附近的一个漂亮的房子里。许多个晚上她都望向栗树后边的雪山。洛狄常常在这些山上走来走去。黄昏时分，她能看到阿尔卑斯山的晚霞。那里住着太阳的女儿们，她们正唱着关于旅人的歌：旋风吹掉他们的外衣并把衣服抢走，但是却抢不走穿这衣服的人。

山中的雪地上闪烁着一丝淡红的光。深藏着思想的每一个心中也闪烁着一丝淡红的光：“对于我们来说，上帝的安排总是最好的!”但是，上帝从来不像在梦中告诉巴贝德那样把理由告诉我们。

没有画的画册

前　记

说起来也真奇怪！当我感觉到人生最大的幸福的时候，我的双手和舌头就仿佛多了些束缚，使我不能表达出我脑中所思考的东西。“然而，我毕竟是一个画家。”我的眼睛这样告诉我。看到过我的速写和画的人也都不得不认同。

我是一个穷苦的孩子。我的住处在最窄的一条巷子里，可我却依然能够享受到阳光，因为我住在最高的一层楼上，能够看见所有的屋顶。在我到城里的最初几天，我感到非常郁闷，十分的孤寂。我在这个地方看不到树林和青山，看到的只是灰色的烟囱。我在这儿没有朋友，没有熟识的面孔和我打招呼。

有一天晚上，我悲哀地站在窗子前，悄悄地打开窗户，朝外面眺望。啊，我实在是有些兴奋不已！我总算是遇到了个很熟识的面孔——一个圆圆的、和蔼的面孔，一个我在故乡所熟识的朋友：这就是月亮，亲爱的老月亮。他还是老样子，完全跟他从前透过沼泽地上的柳树叶子来窥望我时的神情一样。我用手向他飞吻，他一点不吝啬地径直照进了我的房间。他答应，在他每次出来的时候，他肯定会看上我几分钟。他忠诚地坚守了这个诺言。可惜的是，他停留的时间是那么的短促。每次来的时候，他就告诉我一些他头天晚上或当天晚上发现的一切有趣的东西。

“把我全部说给你的事情画下来吧!”他第一次来访的时候说，“那么你就能有一本很美的画册了!”

许多个夜晚，我接受了他的建议，画出我的《新一千零一夜》，不过那也许是太沉闷了。我在这儿所作的一些画都是些不大经得起推敲的，它们是依照我所看到的样子画出来的。任何伟大的天才画家、诗人或音乐家，假如愿意的话，可以根据这些画创造出这个世界上还不存在的东西。我在这儿所做的不过是通过纸张描绘的一些轮廓而已，其中很自然也包括一些我个人的想象，这是因为月亮并没有每晚来看我——有时一两块乌云挡住了他的脸。

第一夜

“昨夜”，这是月亮自己说的话，“昨夜我滑过晴朗无云的印度天空。我的面孔映在了恒河的水上，我的光线尽量地透进那些浓密地交织着的梧桐树的枝叶里——它们伏在下面，像乌龟的背壳。一位印度姑娘从这浓密的树林里走了出来。

她轻巧得像瞪羚，美丽得像夏娃。这位印度姑娘是那么轻盈，但同时又是那么丰满。我可以透过她细嫩的皮肤看出她的思想。多刺的蔓藤撕开了她的草履，但是她仍然大步地向前走着。在河旁饮完了水而走过来的野兽，惊恐地纷纷逃离了，由于姑娘在手里擎着一盏燃着的灯。

当她伸开手为灯火遮挡风时，我可以看到她柔嫩手指上的脉纹。她来到河旁，把灯放在水上，让它漂走了。灯光在闪动着，好像想要离开人世。可是它还是在燃着，这位姑娘有着一对非常迷人闪亮的乌黑乌黑的眼睛，隐隐地藏在丝一样长的睫毛下面，紧张地看着这盏非常孤单的灯。

她很清楚：如果这盏灯在她能看到的距离内不灭的话，那么，她的恋人就仍然活着。不过，假如它灭掉了的话，无疑，就标志着她的恋人已经亡故了。灯仍在燃着，在颤动着，姑娘的心仍然还在燃烧着，在颤动着。她跪下来，念着祷文。一条花蛇睡在她旁边的草里，而这时姑娘的心里唯一思念的是梵天和她的未婚夫。”

“我的恋人依然活着!”她快乐地叫了一声。这时从高山那里得到了一个回音:“他仍然活着!”

第二夜

“这仿佛是发生在昨天的事,”月亮对我说,“我朝底下的一个小院望去。它的四周围着一圈房子。院子里有一只母鸡和十一只小雏。一个可爱的小姑娘在那群鸡的周围嬉闹着，跳着。母鸡咯咯地叫起来，惊恐地张开自己的翅膀以护卫着她的一窝孩子。这时小姑娘的爸爸走来了，说了小姑娘几句。于是，我就走开了，以后就渐渐地把这件事情淡忘了。可是今天晚上，几分钟以前，我又朝下边的这个院落望去。四周一片寂静。但没多长时间那个小姑娘又跑出来玩了。她偷偷地走向了鸡窝，把门悄悄地打开，钻进母鸡和小鸡群中去了。鸡群们一阵乱叫，向四边乱飞。小姑娘在它们后面追赶。这情景被我看到了，因为我是从墙上的一个小洞口向里窥望的。我对这个任性的孩子很生气。这时她爸爸又走了过来，抓着她的手臂，把她骂得狗血淋头，我感到很高兴。她垂下头，她蓝色的眼睛里亮着大颗的泪珠。“你在这儿干什么?”爸爸问。她大哭大闹起来，“我想进去亲一下母鸡呀,”她说,“我想请求她原谅我，因为我昨天打扰了她们全家啊。不过我不敢告诉您!”

爸爸亲了一下这天真孩子的前额，我亲了那孩子的小嘴巴和可爱的眼睛。

第三夜

在一条狭小的巷子里——那里非常的狭窄，我的光只能在房子的墙上照一分钟，不过，在这一分钟里，我所看到的东西完全可以让我明白下面活动着的人和事——我看到了一个女人。十六年前，她还是一个孩子。她在乡下一位牧师的古老花园里玩耍。玫瑰花树织的篱笆已经枯萎了，花也没了精神头儿。它们零乱地伸到了小径上，把长枝攀延到苹果树的身上了。只有几朵玫瑰花还东零西落地在开着——但它们已经称不上是花中的皇后了。但是它们依然还有色彩，还有香味。牧师的这位小姑娘，在我看来，那时算是一朵人世间最漂亮的玫瑰花了。她在这个零乱的篱笆下的小凳子上坐着，吻着她的玩偶——它那纸板做的脸已经坏了。

十年以后我又看到了她。我看到她在一个华丽的跳舞厅内，她是一个富有商人的娇美的新娘了。我为她的幸福而感到愉快。在安静的晚上我常去探望她——啊，谁也没有想到我澄净的眼睛和敏锐的视线！唉！正像牧师住宅花园里那些玫瑰花一样，我的这朵玫瑰花也变得零乱了。每天的生活中都有悲剧发生，而我今晚却看到了最后的一幕。

在那条狭小的巷子里，她躺在床上，病得很严重。恶毒、冷酷和粗暴的房东——这是她唯一的保护者，把她的被子掀开了。“起来！”他说，“你的一副面孔足以使人颤抖不已。起来穿好衣服！赶快去弄点钱来，不然，我就把你赶到街上去！快些起来！”“死神正在嚼着我的心！”她说，“啊，请让我休息一会儿吧！”可是他把她拉起来，在她的脸上扑了一点粉，插了几朵玫瑰花，就这样他让她在窗户旁的一个椅子上坐下，并且在她身旁点上了一根蜡烛，然后他头也不回地离开了。

我望着她。她呆呆地坐在那儿，她的双手垂在膝上。风吹着窗子，把一片玻璃吹了下来跌成了碎片。但是她仍然呆呆地坐在那儿。窗帘像她身边的美丽烛火一样，在抖动着。她死了。死神在敞开的窗子面前正布着道。这就是在牧师住宅花园里，我曾经非常喜欢的那朵玫瑰花！

第四夜

“昨夜，我看到一出德国戏在上演，”月亮说，“那是在一个非常不起眼儿的小城中，一个牛栏被改装成为一个剧院，其实，每一个牛圈并没有变动，只不过是被改装成了包厢。所有的木栅栏都糊上了彩色的纸张。低低的天花板下吊着一个小小的铁烛台。为达到仿佛在大剧院里的效果一样，当提词人的铃声叮当地响过后，烛台就会吊上去，因为它上面覆着一个翻转的大浴桶。

叮当！小铁烛台就上升了一尺高。人们就知道戏快要开演了。一位年轻的王子和他的妻子恰巧经过这个小城，他们也来观看这次的演出。牛栏人满为患了。只有这烛台下面有一点空，像一个火山的火山口一样。那里一个人也没有，因为蜡油在向下面滴，滴，滴！我看见了眼前的这一切，因为屋里是那么燥热，墙上所有的通风口都打开了。男仆人和女仆们都站在外面，悄悄地贴上这些通风口朝里面看，虽然里面有警察，而且还在挥着棍子恐吓他们。在乐队的近旁，人们能看到那对年轻贵族夫妇坐在两张古老的靠椅上面。这两张椅子平时总是留给市长和他的夫人坐的。可是这两个人物今晚也只好如同一般的平民，坐在木凳子上。

人们现在完全明白了，强中更有强中手！这是许多看戏的太太们私下说起的一点感想。这使整晚的气氛变得更愉快了。烛台在摇动着，墙外面的观众被狠狠地训了一通。我——月亮——从这出戏的开头到末尾一直和所有的观众们相伴。

第五夜

“昨天，我看到了忙碌的巴黎。”月亮说。我的视线射进卢浮宫博物馆的陈列室里。一位衣服破烂的老祖母——平民阶级的一员，跟着一个保管人走进一间宽大而空洞的宫殿。这正是她想要看的一间陈列室，而且一定要看。她可是做了不小的牺牲和费了一番口舌才走进这里。她一双瘦削的手交叉着，她用庄严的神色向四周望去，好像是在一个教堂里。

“这儿就是！”她说，“这儿！”她慢慢地走近了王位。王位上铺着富丽的、镶着金边的天鹅绒，“就是这儿！”她说，“就是这儿！”于是，她跪了下来，吻了这紫色的天鹅绒。我想她早已哭出来了。

“可这并不是原来的天鹅绒呀！”保管人说，他的嘴角露出一丝微笑。

“就是在这儿！”老太婆说，“原来就是这个样子！”

“是这个样子，”他回答说，“但这不是原来的了。原来的窗子被打碎了，原来的门也被打破了，而且地板上还有血呢！你当然可以说你的孙子是在法兰西的王位上死去的！”

“死去了！”老太婆把这几个字重复了一次。

我想他们再没有说什么别的话了，他们很快就离开了这个陈列室。黄昏的微光消逝了，我的光亮照着法兰西王位上华丽的天鹅绒，比以前更加的清楚了。

你想弄清楚这个老太婆是谁吗？我告诉你一个故事吧。“那正是七月革命，胜利的前夕。那时每一间房子是一个堡垒，每一个窗子是一座护胸墙。群众在攻打杜叶里宫——巴黎的一个宫殿，一些妇女、小孩和战士也一起加入了战斗。他们攻进了宫殿的大殿和厅堂。一个半大的穷孩子，穿着褴褛的工人罩衫，也在年长的战士中间参加战斗。他身上已经有几处非常重的刺刀伤，因此他倒下了。他倒下的地方恰恰是王位的所在处。大家就把这位流血的青年抬上了法兰西的王位，用天鹅绒裹好他身上的伤口。他的血染到了那象征皇室的紫色上面。这才是一幅图画呢！在如此金光灿烂的大殿，这些战斗的人群中，一面撕碎了的旗帜被令人厌恶地扔在了地上，一面三色旗在刺刀从上面飘扬起来，而王位上却躺着一个穷苦的孩子，他的光荣的面孔发白，他的双眼望着苍天，他的四肢在死亡中弯曲着，他的胸脯暴露在空气中，他身上的破旧衣裳被绣着银百合花的天鹅绒半掩着。

在这孩子的摇篮旁曾有人说过一个美丽的预言："他将死在法兰西的王位上！"母亲曾经做过一个梦，曾想象着他就是拿破仑第二。

我的光已经吻过他墓上的烈士花圈。今夜当这位老祖母在睡梦中梦到这幅摊在自己眼前的图画（你可以把它画下来）——法兰西的王位上的那个穷苦人家的孩子的时候，我的光吻了她的额头。

第六夜

"我到乌卜萨拉去了一次，"月亮说，"我看了看下面长满了野草的平原和人迹罕至的田野。当一只汽船把鱼儿纷纷吓得钻进灯心草丛里去的时候，我的面孔正映在佛里斯河里。云块在我下面欢快地飘动着，奥丁、多尔和佛列是雷神。佛列的坟墓上撒下长条的阴影。稀疏的蔓草盖着这些土墩，我把名字刻在了这些草上。这儿没有让路过这里的人刻上自己名字的路碑，也没有让人可以写上自己大名的石壁。所以，拜访者就只好在蔓草上画出自己的名字。黄土在一些大字母和名字下面露出了它的本来面貌。它们纵横交错地布满了整个山丘。这种不朽支撑到新的蔓草都长出来为止。

这个时候山丘上正站着一个人——一个诗人。他喝干了一杯蜜酿的酒，杯子上嵌着很宽的银边。他低声地念出了一个神秘的名字。他请求风儿不要将它透露出去，可是我听到了这个名字，而且我知道它。这名字上闪耀着一个伯爵的无上的光荣，因此，他不把它念出来。我微笑了一下。因为他的名字上闪耀着一个伟大诗人的光辉。爱伦诺拉·戴斯特的高贵是与塔索的名字形影不离的。我也知道美的玫瑰花朵应该在什么地方绽放！”

月亮就这样说着，于是，一块乌云飘过来了。我希望乌云不要把诗人和玫瑰花朵分隔开！

第七夜

沿着海岸伸展开又合在一起的是枞树和山毛榉树林。这树林简直是太美了，充满了香味。每年春天有成千上万的夜莺来拜访它。它旁边是大海——永远变幻莫测的大海。横在它们二者之间的是一条宽广的公路。川流不息的车辆在这儿经过，可是我没有去细看这些东西，因为我的视线只停留在一点上面。那儿立着一座古墓，野梅和黑莓在它上面的石缝中丛生着。这儿是大自然的诗。你知道人们怎样理解它吗？好吧，我告诉你昨天黄昏和深夜的时分我在那儿所听到的事情吧。

起初有两位富有的地主乘着车子来过这里。头一位说：“多么茂盛的树木啊！”另一位回答说：“每一株可以砍 10 车柴！这个冬天一定很冷。去年每一捆柴可以卖 14 块钱！”于是，他们就走开了。

“这真是一条难走的路啊！”另外一个赶着车子走过的人说。“这全是因为那些讨厌的树呀！”坐在他旁边的人回答说。“空气不能顺畅地流通，风只能从海那边吹来。”于是，他们也离去了。

一辆公共马车也开过来。当它来到这片如诗如画的地方时，客人们都睡着了。车夫吹起号角，不过，他心里只是想：“我吹得很美。我的号角声非常好听，不知道车里的人觉得怎样？”于是这辆马车也离开了。

两个年轻的小伙子骑着马飞驰过来。我还认为他俩有青年的精神和气概呢！他们嘴唇上残存着一丝笑意，都瞧了那生满了青苔的山丘和这浓黑的树林一眼。“我倒很想跟磨坊主的女儿克丽斯汀在这儿散一下步!”于是，他们纵马扬鞭过去了。

花儿在空气中散发着强烈的香气，风儿睡觉去了。青天覆在这块深郁的盆地上，大海好像是它的一个组成部分。一辆马车开过去了。里面坐着七个人，其中有四位早已睡着了。第五位在想着他的夏季上衣——他穿在身上还很合体。第六位把头掉向车夫问起了正对面的那堆石头里是否藏有值得一提的宝贝。“没有,”车夫回答说：“那不过是一堆石头罢了。可是这些树倒是了不起的东西。”“为什么呢?”“为什么呢？它们与众不同！您要知道，在冬天，当雪下得很深，什么都看不到的时候，这些树对我来说就成了地形的指示标志。我依据它们所指的方向走，就不至于滚到海里去。它们的确是非同一般啊，就是这个缘故。”于是，他走过去了。

现在，有一位画家走了过来。他的眼睛发着亮光，他一言不发。只是打着悠闲的口哨。迎着他的口哨，有好几只夜莺在唱歌，一只比一只的调子高亢。“闭上你们的小嘴!”他大声说。于是，他把一切色调很细致地记录下来：蓝色、紫色和褐色！这将是一幅美丽的画！他心中体会着这景致，正如镜子反射出了一幅画。与此同时，他用口哨吹出一个罗西尼的进行曲。

最后，来了一个穷苦的女孩子。她放下自己身上背着的重荷，在一个古墓旁坐下来休息。她苍白又漂亮的脸对着树林倾听着。当她看见海洋时，她的眼珠忽然发亮了，她的双手紧紧地合在一起。我想她是在念《主祷文》。她自己不懂得这种渗透她全身的感觉。但我是明白的：这一刹那和这片自然景物将会在她的记忆里存续很长时间，比那位画家所记录下来的色调要绚丽和真实好多。我的光线照着她，一直到晨曦吻着她的前额的时候。

第八夜

沉重的云块遮盖了整个天空，月亮还没有完全露面。我待在自己的小房间里，感到加倍的寂寞。我抬起头，凝视着月亮平时出现的那片天空。我的思想飞得很远，飞向我这位最好的朋友那儿去了。他每天晚上对我讲动听的故事和给我图画看。是的，他经历过的事情可真不少啊！他在太古时代的洪水上航行过，他对诺亚的独木舟微笑过，正如他最近来看过我、带给我一些安慰、许诺给我一个灿烂的新世界一样。当以色列的孩子们坐在巴比伦河旁哭泣的时候，他在悬着竖琴的杨柳树之间忧伤地望着他们。当罗密欧走上阳台、深情地吻着小天使的时候，这圆圆的月亮，正在明净的天空中，半隐在深郁的古柏中间。他看到被囚禁的圣赫勒拿岛上的英雄，这时他正在一个孤独的石崖上望着茫茫的大海，他心中唤起了许多遥远的思绪。啊！月亮有什么事不知道的呢？对他说来，人类的生活是一个童话。

今晚，我不能见到您了，老朋友！我不能绘出关于您来访的记忆。我迷糊地向着云儿眺望：天空又露出一点光。这是月亮的一丝光线，但是它马上又消逝了。乌黑的云块又聚了过来，然而，这总算是一声问候，一声月亮所带给我的、友爱的“晚安”。

第九夜

天空又晴朗无云。好几个晚上都这样流逝了，月亮还只是一道娥眉。我又弄到了一幅速写的材料。请听月亮诉说的话吧。

我随着北极鸟和流动的鲸鱼到格陵兰的东部海岸去。光秃的崖石，表面上覆盖着冰块和乌云，深锁着一块盆地——在这儿，杨柳和覆盆子正鲜花怒放着。芬芳的剪秋罗正在散发着甜蜜的香气。我的光有些昏暗，颜色略显苍白，正如一朵从枝子上摘下来的睡莲，在巨浪里漂流了好几个星期一样。北极光圈在天空中就像要烧着了，它的环带很宽。它射出的光辉像转动的火柱一般，燎燃了整个天空，一会儿变绿，一会儿变红。这个地方的居民要在一起举行舞会。不过，这种惯常繁华的景象，他们并不觉得奇怪。“让死者的灵魂去玩用海象的脑袋所做的球吧！”他们按照着自己的迷信依旧这样想着。他们只顾唱歌和跳舞。

在他们的舞圈中，一位不穿皮袄的格陵兰人敲着一个手鼓，唱着一首有关捕捉海豹故事的歌。一支歌队也一起跟着唱：“哎伊亚，哎伊亚，啊！”他们穿着白色的皮袍，舞成了一个圆圈，很像一个北极熊的舞会。他们使劲儿地眨着眼睛，晃着头。

现在审案和判决马上要开始了。意见不合的格陵兰人走上前来。原告用讥讽的口吻，理直气壮地即席唱一曲有关他的敌人的无数罪行的歌，而且全部是在鼓声的陪伴下用跳舞的形式进行的。被告回答同样地尖锐。听众都哄堂大笑，一齐做出了他们的最后判决。

山上响起一阵雷轰似的声音，前面的大块冰面一下子变成了碎片。庞大、流动的冰块在崩溃的过程中化为粉末。这便是壮美的格陵兰的夏夜。

在一百步远的地方，在一个敞着的帐篷里躺着一个病人。生命还在他的热血里流动着，但是他仍然是要死的，他自认为要死了。站在他周围的人也认为他要死了，因此，他的妻子在他的身上缝了一件皮寿衣，免得她以后再接触到尸体。同时她问：“你愿意埋在山上坚实的雪地里吗？我合计用你的卡耶克和箭来装饰你的墓地。昂格勾克将会在那上面跳舞！还是你更想葬在海里？”

“我愿意葬在海里，”他低声说，同时点点头露出了一丝有气无力的微笑。

“是的，海是一个舒适的凉亭，”他的妻子说，“那儿有成千上万的海豹在跳跃，海象在你的脚下歇息，在那个地方打猎是一项安全愉快的工作！”

这时喧闹的孩子们撕掉了支在窗孔上的那张皮，使得死者能被抬到大海里去，那波涛汹涌的大海——这海在他活着时为他提供食物，死后他还可以在那儿休息。那些起伏的、日夜变幻着的冰山是他的墓碑。海豹在这冰山上打盹，寒带的鸟儿在上空盘旋着，叫着。

第十夜

“我认识一位老小姐，”月亮说，“每年冬天她都会穿一身黄缎子皮袄，也是新的，它永远是她唯一的时装。每年夏天她戴着同样的草帽，穿着同样的一件灰蓝色袍子。

她只有去看一位老朋友时才走过街道。但是最近几年来，她也不太愿意走这样的路了，由于她的这位朋友已经死了。我的这位老小姐非常孤单地在窗前整日的忙上忙下；整个夏天窗子上都摆满了美丽的花，在冬天则有一堆在毡帽顶上培养出来的水堇。最近几个月，她不再坐在窗子前了。但她仍然活着，这我还是清楚的，因为我没看到她做一次她常常对友人们提过的“长途旅行”。“是的，”她那时说，“当我要死的时候，我要做一次一生从来没有做过的长途旅行。我们祖宗的墓窖离这儿有 18 里路远。那儿就是我要去的地方，我要和我的家人睡在一起。”

昨夜，这座房子门口停着一辆车子。人们抬出了一副棺材，这时我才知道，她死了。人们在棺材上裹了一些麦草席子，于是车子就开走了。这位过去一整年没有走出过大门的安静的老小姐，就安静地躺在那里。车子叮当叮当地走出了城，高兴得仿佛是去进行一次旅行。当它一走上大路，它就跑得飞快了。车夫神经质般地向后面望了好几次——我猜想他有点害怕了，以为她还穿着那件黄缎子皮袄坐在后面的棺材上面呢。所以，他傻乎乎地狠劲儿抽着马儿，牢牢地拉住缰绳，弄得它们满口流着泡沫——它们是几匹年轻的劣马。一只野兔在它们面前跑过去了，于是，它们也被吓得狂跑起来。

“这位安静的老小姐，年年月月在一个呆板的小圈子里毫无声息地存在着。现在——死后，却在一条崎岖不平的公路上飞奔开来。麦草席子裹着的棺材跌出来了，落到公路上。马儿、车夫和车子就急驰而去，仿佛一阵大风。一只唱着歌的云雀从田里飞起来，对着这具棺材唧唧喳喳地唱了一曲晨歌。不一会儿，它就落到棺材上，用自己的小喙啄着麦草席子，好像想要把席子撕开。

云雀又唱着歌飞到天上去了。同时我也隐到红色的朝云后面。

第十一夜

“这是一个结婚的宴会！”月亮说，“大家在唱歌、敬酒，这里的一切都金碧辉煌。客人都告别了，那已是子夜过后的事了。母亲们吻了新郎和新娘。最后只有我看到这对新婚夫妇单独在一起了，虽然窗帘被挡得什么都看不见。灯光把这间温暖的新房照得透亮。”

“谢天谢地，大家现在都走了！”他说，吻着她的手和嘴唇。她一面微笑，一面流泪，同时倒入了丈夫的怀里，颤抖着，像激流上漂着的一朵荷花。他们说着温柔甜蜜的话。

“甜蜜地睡吧！”他说。这时她把窗帘拉到了旁边。

“月亮照得多么美啊！”她说，“看吧，它是多么安静，多么亮丽啊！”

于是她把灯吹灭了，这个温暖的房间里变成一片漆黑。可是我的光还在亮着，亮得跟她的眼睛一样。女性呵，当一个诗人在歌唱着人生中的秘密时，请你吻一下他的竖琴吧！

第十二夜

我给你讲意大利的一个古城，它在那不勒斯湾附近，维苏威火山的不远处。它是古代罗马贵族集居的城市，公元79年维苏威火山爆发把这座城都化为乌有了。中古时，人们把这个城完全忘记了。从1861年起意大利人有计划地开始挖掘它们，此城即陆续出土。最有价值的发现是一个能坐两万人的圆形剧场及许多神庙的图画，”月亮说，“我是在城外，在人们所谓的坟墓之街上。这条街道上至今还有很多漂亮的纪念碑。在这块地方，兴高采烈的青年人，头上戴着玫瑰花，曾经一度和拉绮司的美丽的姊妹们在一起激情舞蹈。可是现在呢，这儿是一片死的沉寂。为拿波里政府服务的德国雇佣兵在站岗，打纸牌，掷骰子。从远处赶来的一大群游客，由一位哨兵陪伴着参观这座城市。他们想在我明朗的光中，看看这座从坟墓中升起来的城市。我把熔岩石砌的宽广的街道上的车辙指给他们看。我把许多门上的姓名以及还留在那上面的门牌也指给他们看。在一个小院子里，他们看到一个镶着贝壳的喷水池，可是现在没有喷泉了。从那些金碧辉煌的、由古铜色的小狗守卫着的房子里，也没有歌声传出来了。”

这是一座死人之城。只有维苏威火山在唱着没完没了的赞歌。人类把它的每一支曲子叫做“新的爆发”。我们去参观维纳斯的神庙。它是用大理石建的，白得放光，那宽广的台阶前就是高大的祭坛。新的垂柳在圆柱之间长了起来，天空是透亮的，蔚蓝色的。漆黑的维苏威火山成为这一切的背景。火不停地从它顶上喷射而出，像一株松树的枝干，反射着亮光的烟雾，在夜晚的寂静中漂浮着，像一株松树的簇顶，可是它的颜色像血一样的鲜红。

这群游客中有一位女歌唱家，一位真正伟大的歌唱家。我在欧洲的第一等城市里知道了她是多么的有名。当他们来到这悲剧舞台的时候，他们都在这个圆形剧场的台阶上坐下来，正如许多世纪以前，这儿还有这么一块小地方坐满了观众。布景依然和从前一样，没有改变。它的侧景是两面墙，它的背景是两个大的拱门，通过拱门观众非常容易地望见在远古时代就用过的相同的场景——自然本身：苏伦多和亚玛尔菲之间的那群山。

这位歌唱家对眼前的一切感到兴奋不已，走进这幅古代的布景中去，歌唱起来了。这块地方给了她灵感。她使我想起阿拉伯的野马，在原野上纵情的奔跑，它的鼻息如雷，它的红鬃飞舞——她的歌声是这样的明快又是那么的确定。这使我想起，在哥尔哥达山十字架下那位伤心的母亲，她的痛苦的表情是多么深刻呵。同时正如千余年前一样，四周响起一片鼓掌和欢呼声。

“满意而又有才华的歌者啊！”人们都在不停地欢呼着。

三分钟以后，舞台空了。一切都消逝了，一切又都恢复了往日的平静，游人也走开了，只有古迹还在原处，没有改变。千百年以后，谁也不会想起这片刻的喝彩，当这位美丽的歌者和她的声调和微笑被遗忘了的时刻，当这片刻对于我也成为远逝的永久记忆的时候，这些古迹仍然不会改变。

第十三夜

“我朝着一位编辑先生的窗子看了一眼，”月亮说，“那是在德国的一个很熟悉的地方。这儿有很精致的家具、许多书籍和一堆报纸。里面坐着几个悠闲的青年人。编辑先生自己站在书桌旁边，计划要评论两本书——都是青年作家写的。”

“这一本是刚送到我手中来的”，他说，“我还没有读呢，可是它的装帧很美。你们觉得它的内容怎样呢？”

“哦！”一位客人——一个诗人说。“他写得很好，不过太啰唆了。可是，天哪，作者是一个年轻人呀，诗句当然还可以写得更好一点！思想是很健康的，只不过就是平凡了一点！但是这有什么可说的呢？你不能老是遇见新的东西呀！你可以称赞他一下！不过我想他作为一个诗人，不会有什么成就的。他读了很多书，是一位出色的东方学问专家，也有正确的判断力。为我的《家常生活感言》写过一篇很好书评的人就是他。我们应该对这位年轻人客气一点儿。"

"不过，他是一个不折不扣的糊涂蛋呀！"书房里的另外一位先生说，"写诗最糟糕的事莫过于平庸乏味。他是不能突破这个范围的。"

"可怜的家伙！"第三位说，"他的姑妈却为他感到了不起呢。编辑先生，为你新近翻译的一部作品弄到许多订单的人，正是她。"

"好心肠的女人！唔，我已经简略地把这本书介绍了一下。肯定他是一个天才——一件受欢迎的礼物！是诗坛里的一朵鲜花！装帧也很美，等等，可是另外的那本书呢——我想作者希望我买下它。我听到人们称赞过它。他是一位天才，你说对不对？"

"是的，大家都是这么说的，"那位诗人说，"不过他写得有点狂，只有标点符号还说明他有点儿才气！"

"假如我们斥责他一通，使他发点儿火，对于他是有好处的。不然，他总以为他了不起。"

"可是这不近人情！"第四位大声说，"我们不要在一些小错误上做文章啦，我们应该对他的优点感到高兴，他的优点也很多。他的成就超过了他的同行。"

"老天爷呀！假如他是一个确确实实的天才，他就应该能经受得住严厉的批判。私下称赞他的人实在是太多了啊，我们不要把他的头脑弄昏了吧！"

"他肯定是一个天才！"编辑先生写着，"疏忽大意偶尔是有的。在第25页上我们是能够看出来的，他会写出不得体的诗句——在那儿能够发现两个步调不一致的音节。我们建议他学习一下古代的诗人……"

“我走开了，”月亮说，“我向那位姑妈的窗子望进去。那位非常谦虚又被人们称赞的诗人就坐在那儿。他获得了当场全部客人的尊敬，高兴无比。”

“我去找另外那位诗人——那位狂诗人。他也在一个恩人家里和一群人待在一块儿。人们正在这里谈论另一位诗人的作品。”

“我也要欣赏一下你的诗！”恩人说，“不过，实话实说——你们晓得，我是从来不说假话的，我想从那些诗里找不到什么高尚的玩意儿。我觉得你太不可一世了，太荒唐了。但是，我得承认，作为一个诗人你应该获得别人的尊重！”

“一个年轻的女仆人在墙角边坐着，她在一本书里面看到了以下的句子：

天才的荣誉终会被埋入尘土，
只有平庸的材料被人们赞叹。
这是一件非常古老的故事，
不过这故事却是每天在上演。

第十四夜

月亮说：“在树林的小径两旁有两座农家的房子。它们的门很矮，窗子有的非常高，有的很低。在它们的周围长满了山楂树和伏牛花。房子顶上有青苔、黄花和石莲花。那个小小的花园里只种着白菜和马铃薯。而篱笆边上还有一株接骨木树在开着花。树下静静地坐着一个小女孩。她的一双棕色眼睛目不转睛地望着两座房子之间的那株老栎树。”

老栎树的树干十分的高，但是枯萎了，它的顶已经被砍掉了。鹳鸟在那上面筑了一个巢。它待在家里，用尖嘴发出啄啄的响声。一个小男孩走了出来，站在小姑娘的旁边。他们是兄妹。

“你在看什么?”他问。

“我在看那鹳鸟,”她回答说:“我们的邻人告诉我,说它们今晚能够给我们带来一个小兄弟或妹妹。我现在正在看着,很想可以看到它怎样飞来!”

“鹳鸟什么也带不来的!”男孩子说,“你应该相信我说的话啊。邻人也告诉过我同样的事情,不过她说这话的时候,她在大笑。所以我问她敢不敢向上帝赌咒!可是她不敢。所以我知道,鹳鸟的事情只不过是人们对我们小孩子编的一个故事罢了。”

“那么小孩子是从什么地方来的呢?”小姑娘问。

“跟上帝一道来的,”男孩子说,“上帝把小孩子夹在大衣里送来,不过谁也看不见上帝呀。所以我们也看不见他送来小孩子!”

正在这个时候,一阵微风吹动栎树的枝叶。这两个孩子拉着手,互相呆望着。无疑,上帝送小孩子来了。于是他们互相捏了一下手。屋子的门开了,那位邻居出来了。

“进来吧,”她说。“你们看鹳鸟带来了什么东西。带来了一个小兄弟!”

“这两个孩子点了点头,他们知道婴儿已经来了。”

第十五夜

“我在吕涅堡荒地上滑行着,”月亮说,“有一个形单影只的茅屋立在路旁,在它的近旁有好几棵凋零的灌木。一只迷失了方向的夜莺在这儿唱着歌。在寒冷的夜里它一定会死去的。我所听到的正是它最后的歌。”

曙光露出来了。一辆大篷车奔跑着过来了,这是一家迁徙的农民。他们是要向卜列门或汉堡走去——从这儿再搭船到美洲去——在那里,幸运,他们所梦想的幸运,将会开出各种各样的花朵。母亲们把最小的孩子背在背上，较大的孩子则在她们身旁和大人一起走着。一匹瘦马拉着这辆装着他们那点微不足道的家产的车子。

寒风在一个劲儿吹着，一个小姑娘紧紧地靠着妈妈。这位母亲，一边抬起头看着我的淡薄的光圈，一边想起了她在家中所受到的穷困。她回想起了自己没有能力上交的重税。她在想着眼前这大量流动中的人们。红色的曙光好像带来了一个好消息，幸运的太阳将又要为他们升起。他们听到那只垂死的夜莺的歌唱——它不是一个虚假的预言家，而是一个非常幸运的使者。

风还在咆哮着，他们也听不清夜莺的歌声："祝你们安全地在海上航行！你们卖光了所有的东西来交上这次长途跋涉的旅费，所以你们走进乐园的时候就会穷得叮当乱响的。你们将不得不卖掉你们自己、你们的妻子和你们的孩子。不过你们的苦痛会很短暂的！死神的女使者就坐在那芬芳的宽大叶子后面。她会把要人性命的热病吹进你们的血液，作为她欢迎你们的吻。去吧，去吧，到那波涛汹涌的海上去吧！"远行的人兴高采烈地聆听着夜莺之歌，因为它象征着幸运。

曙光在浮云中冒了出来，农民走过荒地到教堂里去。穿着黑袍子、裹着白头巾的妇女们看起来好像是从教堂里的挂图上飞出来的幽灵。周围是一片死寂，一片枯萎的、棕色的石楠，一起横在白沙丘陵之间、被野火烧光了的黑色平原。啊，祈祷吧！为那些远行的人们——那些朝着苍茫大海之彼岸去寻找坟墓的人们而祈祷吧！

第十六夜

"我认识一位普启涅罗"，月亮说，"观众只要一望见他便会欣喜若狂。他的每一个动作都非常滑稽，总会让整个剧场的观众们笑得前仰后合。可是这里面没有任何做作，这是他天生的特点。当童年他和别的孩子在一起玩耍的时候，他早已是一个普启涅罗了。大自然把他培养成了这样一个人物，在他的背上安了一个大驼子，在他的胸前安了一个大肉瘤。他的内心却是天赋很高。谁也没有他那样深的感情和他那样的精神强度。”

剧场是他最愿意待着的场所。如果他的身材能长得秀气和匀称一些，他可能在任何舞台上都能成为一个头等的悲剧演员，他的灵魂里到处是悲伤的感情。然而他不得不成为一个普启涅罗。他自己的痛楚和忧虑只会增加他古怪外貌的滑稽性，只会引起其他广大观众的笑声和给予他们这位心爱的演员的一阵掌声。

美丽的诃龙比妮对他很友爱、很体贴，可是她只愿意和亚尔列金诺结婚。如果“美和丑”结为夫妇，那也实在是太滑稽了。

在普启涅罗心情很坏的时候，只有她可以使他微笑起来。的确，她可以使他痛快地大笑一阵。起初她总是像他一样的忧郁，然后就变得略为安静一点了，最后就充满了愉快的神情。

“我知道你心里有什么病了，”她说。“你是在恋爱中！”这时他就不禁要笑了起来。

“我在恋爱中！”他大叫一声，“那么，我就未免太荒唐了。观众将要笑痛肚子的！”

“当然你是在恋爱中，”她继续说，并且还在话里加了一点凄楚的滑稽感，“而且你爱的那个人正是我呢！”

的确，当人们知道实际上不再有爱这个东西时，普通人是能够说出这类的话来的。普启涅罗笑得向空中翻了一个筋斗，这时他内心的痛楚感就踪迹全无了。然而，她讲的是真话。他的确爱上了她，丧失理智地爱上了她，正如他爱艺术的伟大和崇高一样。

在她举行婚礼的那天，他是世界上最快乐的人了，但是在夜里他却号啕大哭起来。如果观众看到他这副哭相的尊容，他们一定会又鼓起掌来的。

几天以前诃龙比妮死去了。在妻子入葬的那天，亚尔列金诺可以不必在舞台上出现了，因为他现在已是一个悲哀的鳏夫了。经理不得不临时安排一个令人感到高兴的节目，以使观众们不会因为没有美丽的诃龙比妮和活泼的亚尔列金诺而感到太难过。因此普启涅罗演得要比平时更愉快一点才行。所以他一刻不停的跳着舞，翻着筋斗，虽然他满肚子都是惆怅。观众鼓掌，喝彩道："好，好极了！"

普启涅罗谢幕了好几次。啊，他实在是位非常伟大的艺术家啊！

晚上，演完了戏以后，这位能给人们带来非常多欢笑的丑角独自走出城外，走到一个孤零零的墓地前去了。诃龙比妮坟上的花圈已经凋残了，他在坟旁边坐了下来。他当时的那个样子实在是值得画家画下来。他用自己的手支着下巴，他的双眼朝我望着。就像一个非常独特的纪念碑，一个坟上的普启涅罗：古怪而又滑稽。假如观众看见了他这个让人无限欢喜的艺人的话，他们一定会喝彩："好！普启涅罗！好，好极了！"

第十七夜

请听月亮所讲的话吧："我看到一位升为军官的海军学生，头一次穿上他漂亮的制服；我还看到一位穿上舞会礼服的年轻姑娘；我也看见过一位王子的年轻爱妻，穿着节日的衣服，十分高兴。不过，谁的快乐也比不上我今晚见到的这个小孩子——一个 4 岁的小姑娘。她得到了一件蔚蓝色的衣服和一顶粉红色的帽子。她已经打扮好了，大家把蜡烛拿来给她照照，因为光线从窗子照射进去还不够亮，所以必须要有更明亮的光线才可以。

这位小姑娘笔直地站着，像一个小玩偶。她的手小心翼翼地从衣服里伸出来，她的手指张开着。啊，她的眼睛里，她整个的面孔里，发出多么幸福的光辉啊！

"明天你应该到街上去走走！"她的母亲说。这位小姑娘朝上面望了望自己的帽子，朝下面望了望自己的衣服，不禁发出了幸福的微笑。

“妈妈!”她说，“当那些小狗看见我穿得这样漂亮的时候，它们心里会想些什么呢?”

第十八夜

“我曾和你谈过庞贝城，”月亮说，“这座城堡的尸骸，眼下再次回到富有生命气息的城市的行列中来了。我知道另外一个城堡：它不是一座城堡的尸骸，而是一座城堡的幽灵。凡是在有大理石喷泉喷着水的地方，我就似乎能听到关于这座水上浮城的故事。是的，喷泉可以讲出这个故事，海上的波浪也可以把它唱出来。茫茫的大海上常常浮着一层烟雾——这就是它的未亡人的面罩。海的新郎已经死了，他的城垣和宫殿成了他的陵墓。你知道这座城吗？它从来没有听到过车轮和马蹄声在它的街道上响过。这里只有鱼儿到处游来游去，只有黑色的贡杜拉在绿水上像幽灵似的滑过。”

“我把它的市场——它最大的一个广场——指给你看吧，”月亮继续说，“你看了一定以为走进了一个童话的城市。草在街上宽大的石板缝间丛生着，在清晨的迷茫中成千成万的驯良鸽子绕着一座孤高的塔顶飞翔。在各个方向围绕着你的是一系列的走廊。在这些走廊里，土耳其人静静地坐在那儿抽他们的长烟管，年轻美貌的希腊人倚着圆柱看那些战利品：高大的旗杆——代表古代权威的纪念品。很多的旗帜倒挂着，就仿佛是悲哀的黑纱。有一个女孩子在这儿休息。她已经放下了盛满了水的重桶，但挑水的担子仍然搁在她的肩上。她靠着那根胜利的旗杆站着。

“你当前所见的一切不是一个虚幻的宫殿，而是一个教堂，它的镀金的圆顶和四周的圆球在我的光中射出亮光。在那上面宏伟的古铜马，像童话中的古铜马一样，曾经作过多次的旅行：它们旅行到这儿来，又从这里走了，最后又回到这儿来。

“你看到了墙上和窗上那些绚丽的色彩了吗？仿佛是一个奇才，为了满足小孩子的请求，把这个奇怪的神庙装饰了一番。你看到圆柱上长着翅膀的雄狮了吗？它身上的金子仍然在发着亮光，但是它的翅膀却掉了下来。雄狮已经死了，因为海王已经死了。那些宽大的厅堂都空了，曾经挂着非常昂贵艺术品的地方，现在只剩一堵七零八落的墙壁了。

“以前只准贵族可以走过的走廊，现在却成了乞丐们休息的场所了。从那些深沉的水井里——也许是从那‘叹息桥’旁的牢狱里——发出了一声声的哀叹。这和从前金指环从布生脱尔抛向海后亚得里亚时快乐的贡杜拉奏出的一曲手鼓声完全是一样的。亚得里亚啊！让烟雾把你隐藏起来吧！让寡妇的面纱罩着你的身体，盖住你的新郎的陵墓——大理石砌的、虚幻的威尼斯城吧！”

第十九夜

“我朝着下面的一个大剧场望去，”月亮说，“观众已经挤满了整个剧场，因为有一位新演员今晚第一次出场。我的目光滑落到了墙上的一个小窗口上，一个化装好了的面孔紧贴着窗上的玻璃。这就是今晚的主角。他武士风格的胡子密密地卷在下巴周围，但是这个人的眼里却闪着泪光，因为他刚才曾被观众嘘下了舞台，而且嘘得很有道理。可怜的人啊！不过，在艺术的王国里是不允许低能人存在的。他有着深沉的情感，他热爱艺术，但是艺术却不爱他。”

“舞台监督的铃声响了。他这个角色的舞台指示是：主角以英勇和豪迈的姿态出场。就这样他只好再次在观众面前出现了，成为他们哄笑的对象。当这场戏演完以后，我看到一个裹在外套里的人偷偷地溜下了台。布景工人相互嘀咕说：这就是今晚那位扮演武士失败了的主角。我跟着这个可怜的人回了家，回到他的房间里去。”

上吊是一种不光荣的死，而毒药并不是任何人手上都有的。我晓得，这两种办法他都想到了。我看到他在镜子里瞧了瞧自己惨白的面孔，他半睁着眼睛，想要看看，作为一具死尸他是不是还是这个样子。这个人可能是极度不幸的，但这并不能阻止他装模作态一番。他在想着死，想着自杀。我相信他在怜惜自己，因为他哭得可怜伤心。然而，当一个人能够哭出来的时候，他就不会自杀了。

自从这时候起，一年已经过去了。又有一出戏要上演，是在一个小剧场里上演，而且是由一个寒酸的旅行剧团演出的。我又看到那张熟悉的面孔，那个双颊打了胭脂水粉和下巴上卷着胡子的面孔。他抬头向我望了一眼，微笑了一下。可是刚刚在一分钟以前他又一次被嘘下了舞台——被一群可怜的观众嘘下了一座可怜的舞台！

今天晚上有一辆很寒酸的柩车开出了城门，没有一个人在后面送葬。这是一位寻了短见的人——我们那位搽粉打胭脂的、被人瞧不起的主角。他的朋友只有一个车夫，因为除了我的光线以外，没有什么人送葬。在教堂墓地的一角，这位自杀者的尸体被投进了土里。不久他的坟上就会长满了荆棘，而教堂的看守人便会在它上面加一些从别的坟上扔过来的荆棘和荒草。

第二十夜

“我到罗马去过，”月亮说，“在那座城市的中央，在那七座山中的一座山上有一座皇宫的废墟。野生的无花果树在壁缝中长着，用它们灰绿色的大叶子盖住墙壁的荒凉景象。在一堆瓦砾中间，毛驴践踏着桂花，在不开花的蓟草上嬉戏。罗马的雄鹰曾从这里飞向海外，发现和征服过别的国家，现在这里有着一道门通向一个夹在两根残破大理石圆柱中间的小土房子。常春藤挂在一个歪斜的窗子上，像一个哀悼的花圈。”

房子里生活着一个老太婆和她幼小的孙女。她们现在是这个宫殿的主人了，把这些豪华的遗迹指给陌生人看。曾经是王位所在的那间大殿，现在只剩一座赤裸裸的断墙了。放着王位的那块地方，现在只有一棵深青色的老柏树所撒下的一道长影。在破碎的地板上早已堆满了好几尺高的黄土。当暮钟响起来的时候，那位小姑娘——皇宫的女儿——常常在这儿坐在一个小凳子上。她把旁边门上的一个锁头眼儿称作她的角楼窗。从这个窗子望去，她可以看到半个罗马，一直到圣彼得教堂上雄伟的圆屋顶。

这天晚上，像平时蒂罗尔一样，四周非常安静。下面的这位小姑娘来到我圆满的光圈里面。她头上顶着一个盛满水的、古代的土制的水瓮。她打着赤脚，她的短裙子和她的衣袖都破了。我吻了一下这孩子白皙的、圆圆的肩膀，她的黑眼睛和她发亮的黑头发。

她走上台阶。台阶很陡峭，是用残砖和破碎的大理石柱顶砌成的。长斑点的蜥蜴在她的脚旁羞怯地溜了过去，可是她一点也不怕它们。她已经举起了手去拉门铃——皇宫门铃的把手现在是系在一根绳子上的兔子脚。她停了一会儿——她在想着一些事情，也许是在想着下边教堂里那个穿金戴银的婴孩——耶稣吧！那儿点着银灯，她的小朋友还在那里唱着她所熟悉的赞美诗，我不知道这是不是她所想的东西。不一会儿她又开始走了起来，而且跌了一跤。那个土制的水瓮从她的头上落了下来，在大理石台阶上摔得粉碎。她大哭起来。这位皇宫的美丽女儿居然为了一个一点钱都不值的破水瓮哭了起来。她赤着脚站在那儿哭，不敢拉那根绳子——那根皇宫的铃绳！

第二十一夜

月亮有半个多月没有出现了。现在我又看见他了，又圆又亮，慢慢地升到云层上面。请听月亮对我讲的话吧。

“我跟着一队旅行商从费赞的一个城市走出来。在沙漠的边缘，在一块盐池旁，他们停了下来。盐池发着光，像一个结了冰的湖，只有一小块地方盖着一层薄薄的、流动着的沙。旅人中最年长的一位老——他腰带上挂着一个水葫芦，头上顶着一个未经发酵的面包——用他的手杖在沙子上画了一个方格，同时在方格里写了《古兰经》里的一句话。然后整队的旅行商就走过了这块献给神的处所。”

“一位年轻的商人——我可以从他的眼睛和清秀的外貌看出他是一个东方人——若有所思地骑着一匹气喘吁吁的白马走过去了。也许他是在思念他美丽的年轻妻子吧？那是两天前的事儿了：一匹用毛皮和华贵的披巾所装饰的骆驼载着她——美貌的新娘——绕着城墙走了一周。这时，在骆驼的周围，风琴奏着乐，妇女唱着歌，所有的人都放着鞭炮，而新郎放得最多，最热烈了。现在，他要跟着这队旅行商走过沙漠。

“一连好几个夜晚我跟着这队旅行商行走。我看到他们在井旁的高大的棕榈树之间休息。他们用刀子向病倒的骆驼胸脯插了进去，在石头上烤着它的肉吃。我的光线使灼热的沙子冷了下来，同时为他们指出那些黑石头——一望无涯的沙漠中的死岛。在他们没有路的旅程中，他们没有遇见怀着敌意的异族人，没有暴风雨出现，没有夹着沙子的旋风袭击他们。

“家里那位美丽的妻子在为她的丈夫和父亲祈祷。‘他们死了吗？’她向我金黄色的娥眉问。‘他们病了吗？’她向我圆满的光圈问。

“现在沙漠已经落在背后了。今晚他们坐在挺拔的棕榈树下。有一只白鹤在他们周围拍着长翅飞翔着，鹈鹕在棕榈树的枝上向他们凝视着。丰茂的低矮植物被大象沉重的步子践踏着。一群黑人，在内地的市场上赶完集以后，正朝回家的路上走着。用铜纽子装饰着黑发的、穿着靛青色衣服的妇女们在赶着一群负重的公牛，赤裸的黑孩子在它们背上睡觉。另有一个黑人牵着他刚才买来的幼狮。他们走近这队旅行商，那个年轻商人静静地坐着，一动也不动，只是想着他貌美的妻子，在这个黑人的国度里梦想着在沙漠彼岸，他的那朵芬芳的白花。他抬起头，但是——

“但就在此时，一块乌云浮到月亮面前来，接着又来了另外的一块。这天晚上我再没听到别的事了。”

第二十二夜

“我看到一个小女孩儿在哭，”月亮说，“她为人世间的恶毒而哭。她曾得到一件礼物——一个最美丽的玩偶。啊！这真算是一个玩偶呢！它是那么好看，那么可爱！它似乎不是为了要受苦受难而被制造出来的。可是小姑娘的几个哥哥——那些身材高大的男孩子——把这个玩偶拿走了，把它放在花园高高的树上，然后他们就跑开了。”

“小姑娘的手够不到玩偶，没办法把它抱下来，她伤心地大哭起来。玩偶一定也在哭呢，因为它的手在绿枝间伸着，好像很不幸的样子。是的，这就是妈妈常常提到的人世间的恶毒。唉，可怜的玩偶啊！天已快黑了，夜马上就要到来！难道就这样让它单独地在树枝间坐一夜吗？不，小姑娘不忍心让这样的事情发生。”

“我陪着你吧！”她说，虽然她并没有这样勇敢。她已经在想象中清楚地看到一些小鬼怪，戴着高帽子，在灌木林里向她窥探，同时高大的幽灵在漆黑的路上跳着舞，一步一步地走过来，并把手伸向坐在树上的玩偶。他们用手指着玩偶，对玩偶大笑。啊，小姑娘实在是太害怕了啊！

“不过，如果一个人没有做过坏事，”她想，“那么，什么妖魔也不能害你的！我不知道我是不是做过坏事？”于是她沉思起来。“哦，对了！”她说，“有一次我讥笑过一只腿上系着一条红布的可怜小鸭。它摇摇晃晃地走得十分滑稽，我真忍不住笑了，可是对动物发笑是一桩罪过吗！”她抬起头看了看玩偶。“你讥笑过动物没有？”她问。玩偶仿佛是在不停地摇头的样子。

第二十三夜

“我望着下面的蒂罗尔，”月亮说，“我使深郁的松树在石头上映下了长长的影子。我凝望着圣·克利斯朵夫肩上背着的婴孩——耶稣是渡船的保护神。这幅画起源于下面的故事：有一个小孩子看到克利斯朵夫身材魁梧，特意请他抱自己过河。克利斯朵夫走到河中，越抱越觉得沉重，不禁发起牢骚来。小孩子这时就说：‘不要奇怪，你抱住了我就等于抱住了全世界的罪恶。’这孩子就是耶稣。这是绘在屋墙上的一幅画，是一幅从墙角伸到屋顶的巨画。还有一些是关于圣·佛罗陵正向一座着火的屋子泼水和上帝在路旁的十字架上流血的画。对于现在这一代的人来说，这些都成了古画。相反，我亲眼看到它们被绘出来，一幅一幅地被绘出来。”

在一座高山的顶上立着一个孤独的尼姑庵，简直像一个燕子窝。有两位修女在钟塔上敲钟。她们都很年轻，因此她们的视线不免要飞到山上，飞到尘世里去。一辆路过的马车正在下边经过，车夫这时捏了一下号筒，这两位可怜的修女的思想，也像她们的眼睛一样，跟着这辆车子后面跑了，这时那位较年轻的修女的眼里冒出了一颗泪珠。

号角声渐渐迷蒙起来，同时尼姑庵里的钟声把号角声冲淡得都听不见了。

第二十四夜

请听月亮讲的话吧：“那是几年前的事儿，是在哥本哈根发生的。我对着窗子向一个简陋的房间看着。爸爸和妈妈都睡了，不过小儿子睡不着。我看见床上的花布帐子在一个劲儿动着，这个小家伙在偷偷地向外望。刚开始我还以为他在看那个波尔霍尔姆造的大钟。它上了一层红红绿绿的油漆，它顶上站着一个杜鹃。它有沉重的、铝制的钟锤，包着发亮的黄铜的钟摆摇来摇去：‘滴答！滴答！’不过这并不是他所要看的东西。不是的！他要看的是他妈妈的纺车。它在钟的下面。这是在整个屋子中这孩子最心爱的一件家具，可是他不敢动它，因为他怕挨打。他的妈妈在纺纱的时候，他能够在旁边坐上几个钟头的，望着纺锤呼呼地动和车轮急急地转，同时他幻想着许多东西。啊！他多么希望自己也能纺几下啊！

“爸爸和妈妈睡着了。他看了看他们，也看了看纺车，接着他就把一只小赤脚伸出床外来，接着又把另一只小赤脚伸了出来，最后一双小白腿就出来了。噗！他落到地板上来。他又回身看了一眼，看爸爸妈妈是不是还在睡觉——是的，他们还在睡觉。于是他穿着破衬衫轻轻地溜到纺车旁，开始纺起纱来。棉纱吐出丝来，车轮就转动得更快了。我吻了一下他金黄的头发和他碧蓝的眼睛。这真是一幅让人无限怜爱的图画啊！

“这时妈妈忽然醒了。床上的帐子动了。她向外望去，她以为她看到了一个小鬼或者一个什么小妖精。‘老天爷呀！’她说，同时十分惊恐地把她的丈夫喊醒。他睁开眼睛，用手揉了几下，看着这个忙碌的小鬼。‘怎么，这是巴特尔呀！’他说。于是我的视线就离开了这个简陋的房间——我还有那么多的东西要看呢！这时候我看了一下梵蒂冈的大厅。那里面有许多大理石雕的神像。我的光照到拉奥孔这一系列的神像上，这些雕像好像在叹着气。我在那些缪斯的唇上静静地吻了一下，我相信她们又有了生命。可是我的光辉在拥有‘巨神’的尼罗一系列的神像上逗留得最久。那巨神倚在斯芬克司身上，默默无言地，想着那些一去不复返的岁月。一群矮小的爱神在他的周围和一群鳄鱼玩耍。在丰饶之角里坐着一位娇小的爱神，他的双臂交叉着，眼睛凝视着那位巨大的、庄严的河神。他正是坐在纺车旁的那个小孩的写照——面孔一模一样。这个小小的大理石像既可爱又生动，像有生命一般，可是自从它从石头诞生出来的那一天起，岁月的轮子已经转动不止一千次了。在世界能产生出同样伟大的大理石像之前，岁月的大轮子，像这小孩在这间简陋的房里摇着的纺车那样，又不知要转动多少次。”

“自此以后，许多岁月又过去了，”月亮继续说，“昨天我向下面看了看瑟兰东海岸的一个海湾。那儿有可爱的树林，有高大的堤岸，又有红砖砌的古老的邸宅，水池里游着天鹅，在苹果园的后面隐隐地现出一个小村镇和它的教堂。许多船只，全都燃着火柱，在这静静的水上滑过。人们点着火柱，并不是为了要捕捉鳝鱼，而是为了要表示庆祝。音乐奏起来了，歌声唱起来了。在这许多船中间，有一个人在一条船里站了起来。大家都向他表示致敬。他穿着外套，是一个高大而又雄伟的人。他有着碧蓝的眼睛和长长的白发。我认识他，于是我想起了梵蒂冈里尼罗那一系列的神像和所有的大理石神像，我想起了那个简陋的小房间——我相信它是位于格龙尼街上的。小小的巴特尔曾经穿着破衬衫坐在里面纺纱。是的，岁月的轮子已经转动过了，新的神像又从石头中雕刻出来了。从这些船上升起一片欢呼声：‘万岁！巴特尔·多瓦尔生万岁！’”

第二十五夜

“我现在给你一幅法兰克福的图画，”月亮说，“我特别喜欢看着那儿的一幢房子。那不是歌德出生的地点，也不是那古老的市政厅——带角的牛头盖骨仍然从它的格子窗里露了出来，因为在皇帝进行加冕礼时，这里曾经烤过牛肉，分赠给众人吃。这是一幢市民的房子，漆上一种绿色，外貌很朴素。它立在那条狭小的犹太人街道的角落里。它是罗特席尔特的房子。”

“我朝敞着的门向里面看着。楼梯间照得很亮：在这儿，仆人托着巨大的银烛台，里面点着蜡烛，向一位坐在轿子里被抬下楼梯的老太太深深地鞠了一躬。房子的主人脱帽站立着，恭恭敬敬地在这位老太太的手上亲了一下。这位老妇人就是他的母亲。她和善地对他和仆人们点点了头，因为这样他们就会把她抬到一条黑暗的狭小巷子里去，到一幢小小的房子里去。她曾经在这儿生下了一群孩子，在这里发财致富的。假如她遗弃了这条被人瞧不起的小巷子和这幢小小的房子，幸运可能就会遗弃他们。这一直是她的不变信念！”

月亮再没有对我说什么，他今晚的来访是太短促了。不过，我想着那条被人看不上眼儿而又狭小巷子里的那位老太太，她只需一开口就可以在泰晤士河边拥有一幢豪华的房子——只需一句话就有人在那不勒斯湾为她准备好一所别墅。“假如我遗弃了这幢卑微的房子（我的儿子们是在这里出生的），幸运就会遗弃他们的！”这是一个迷信。这个迷信，对于那些了解这个故事和看过这幅画的人，只需加这样两个字的说明就不难理解了：“母亲。”

第二十六夜

“那是昨天，在天快要亮时！”这是月亮自己的话，“在这个大城市里，烟囱还没有开始冒烟——而我所望着的正是烟囱。正在这时，有一个小小的脑袋从这个烟囱里冒了出来，接下来又是半截身子，最后便有一双手臂搁在烟囱口上。”

“好啊！”这原来是那个小小的扫烟囱学徒。这是他有生以来首次爬出烟囱，把头从烟囱顶上伸出来。“好啊！”的确，比起在又黑又窄的烟囱管里爬，现在显然是明显的不同了！空气是新鲜得多了，他还能够看见全城的风景，一直看见绿色的森林。太阳刚刚升起来。它又圆又大，直射到了他的脸上——而他的脸正发着快乐的光芒，虽然它已经被烟灰染得相当黑了。

“整个城里的人都可以看到我了!”他说，“月亮也能够看见我了，太阳也可以看到我了！好啊!”于是他挥起他的扫帚。

第二十七夜

“昨夜我望见一个中国的城市，”月亮说，“我的光照着许多长长的、光溜溜的墙壁，这个城市的街道就是它们形成的。当然，偶尔也有一扇门出现，但它是锁着的，因为中国人对外面的世界能有什么兴趣呢？房子的墙后面紧闭着的窗扉掩住了窗子。只有从一所庙宇的窗子里，能透露出一丝微光。”

我朝里面望去，我看到里面一幅华丽的景象。从地上一直到天花板上，有许多用鲜艳的彩色而富丽的金黄色绘出来的图画——代表神仙们在这个世界上所作的事迹。

每一个神龛里有一个神像，可是差不多全被挂在庙龛上的花帷幔掩住了。每一座神像——都是用锡做的——面前有一个小小的祭台，上面放着圣水、花朵和燃着的蜡烛。这神庙里最高之神是神中之神——佛爷。他穿着黄缎子衣服，因为黄色是神圣的颜色。祭台下面坐着一个有生命的人——一个年轻的和尚。他似乎在祈祷，但在祈祷之中他似乎堕入冥想中去了，这无疑是一种罪过，所以他的脸发烧了，他的头也低得抬不起来了。可怜的瑞虹啊！难道他梦着到高墙里边的那个小花园里（每个屋子前面都有这样一个花园）去种花了吗？难道他觉得种花比待在庙里守着蜡烛还更有趣吗？难道他希望坐在盛大的筵席桌旁，在每换一盘菜的时候，用银色的纸擦擦嘴吗？难道他犯过那么重的罪，只要他一说出口来，天朝就要处以他死刑吗？难道他的思想敢于同外国人的轮船一起飞，一直飞到他们的家乡——遥远的英国去吗？不！他的思想并没有飞那么远，然而他的思想——一种青春的热情所产生的思想，是有罪的。在这个神庙里，在佛爷的面前，在许多神像面前，是非常有罪的。

我知道他的思想飞到哪里去了。在城的尽头，在平整的、石砌的、以瓷砖为栏杆的、陈列着开满了钟形花的花盆的平台上，坐着一位玲珑小眼、嘴唇丰满、双脚小巧、娇美的白姑娘。她的鞋子紧得让她发痛，但她的心更让她难过。她举起柔嫩的、丰满的手臂——这时她的缎子衣裳就发出沙沙的声响。她面前有一个玻璃缸，里面养着四尾金鱼。她用一根彩色的漆棍子在里面搅了一下，啊！搅得那么慢，因为她在想着什么东西！可能她在想：这些鱼是多么富丽堂皇，它们在玻璃缸里生活得多么安逸啊，它们的食物是多么富足啊，然而假如它们获得自由，它们将会活得更好的！是的，她，漂亮的白姑娘是懂得这个道理的。她的思想飞出了她的家，飞到庙里去了——但不是为那些神像而飞去的。可怜的白姑娘啊！可怜的瑞虹啊！他们两人的红尘缘分交流了起来，可是我冷静的光，像小天使的剑一样，隔在了他们两人中间。

第二十八夜

“天空是澄清的，”月亮说，“水是透明的，像我正在滑行过的晴朗的天空那样。我可以看到水面下奇异的植物，它们像森林中的古树一样向我伸出了蔓长的梗子。鱼儿在它们上面游来游去。高空中有一群大雁在沉重地向前飞着。它们中间有一只大雁拍着疲倦的双翼，慢慢地朝着下面低飞着。它的双眼凝视着那飞向远方渐渐消逝着的空中旅行队伍。虽然它展开着双翼，它是在慢慢地下落，像一个肥皂泡，在沉静的空中慢慢下落，直到最后它接触到水面。它把头掉过来，插进双翼里去。这样，它就静静地躺了下来，像平静湖面上的一朵白莲花。”

“风吹起来了，吹皱了平静的水面。水泛着光，很像一泻千里的云层，直到它翻腾成为巨浪。发着光的水像蓝色的火焰，燎着它的胸和背。曙光在云层上泛起一片红霞。这只孤雁有了一些气力，飞向了空中，它向那升起的太阳，向那吞没了那一群空中队伍的、蔚蓝色的海岸飞去。但是它是在孤独地飞，满怀着焦急的心情，孤独地在碧蓝的巨浪上飞。”

第二十九夜

“我还要给你看一幅瑞典的图画，”月亮说，“在深郁的黑森林中，在罗克生河忧郁的两岸附近，立着乌列达古修道院。我的光，穿过墙上的窗格子，射进宽广的地下墓窖里去了——帝王们在这儿的石棺里长眠。墙上挂着一个作为人世间荣华的标记：皇冠。不过这皇冠是木雕的，涂上了漆，镀上了金。它是挂在一个钉进墙里的木栓上的。蛀虫已经吃进这块镀了金的木头里去了，蜘蛛在皇冠和石棺之间织起一张网来。作为一面哀悼的黑纱，它是脆弱的，正如人间对死者的哀悼一样。”

这些帝王们睡得多么安静啊！我还能清楚地记起他们。我还能看到他们嘴唇上带着得意的微笑——他们是那么有威权，有把握，可以叫人快乐，也可以叫人痛苦。

当汽船像有魔力的蠕虫在山间前进的时候，常常会有个陌生人走进这个教堂拜访一下这个墓窖。他问着这些帝王们的姓名，但是这些姓名只剩下一种无生气的，被遗忘了的声音了。他带着微笑望了望那些虫蛀了的皇冠。假如他是一个有虔诚品质的人，他的微笑会带上忧郁的气氛。

安眠吧，你们这些死去的人们！月亮还记得你们的，月亮在夜间把它寒冷的光辉送进了你们寂静的王国里——那上面挂着松木做的皇冠！

第三十夜

“紧贴着大路旁边，”月亮说，“有一个客栈，在客栈的对面是一个非常大的车棚，棚子上的草顶正在重新翻盖。我从椽子和敞着的顶楼窗向下望着那些非常不舒服的房间。雄吐绶鸡在横梁上正熟睡着呢，马鞍躺在空秣桶里。棚子的中间有一辆旅行马车，车主人在香甜地打着盹儿，马儿在喝着水，马车夫伸着懒腰，我确信他睡得最好，而且不止睡了一半的旅程。下人的房门是开着的，里面的床露了出来，乱七八糟的样子。蜡烛在地板上燃烧着，已经燃到烛台的接口里去了。寒冷的风吹进了棚子里，时间与其说是接近半夜，还不如说是接近天明了。在旁边的畜栏里，流浪音乐师的一家人睡在地上。爸爸和妈妈在梦着酒瓶里剩下来的烈酒。那个没有血色的小女儿在梦着眼睛里的热泪。竖琴靠在他们的头边，小狗睡在他们的脚下。”

第三十一夜

“那是一个小小的乡下城镇，”月亮说，“这事儿是我去年看见的，不过这倒没有什么关系，因为我看得非常清楚。今晚我在报纸上读到了关于它的报道，不过，报道却不是非常清楚。在小客栈的房间里坐着一位玩熊把戏的人，他正在吃晚餐。他的熊被系在外面一堆木柴的后面——多么可怜的熊，他从不伤害任何人，虽然他那副样子好像非常凶猛。顶楼上有三个小孩子在我的明朗光线里玩耍，最大的那个孩子接近六岁了，最小的不过两岁。卜卜！卜卜！有人爬上楼梯来了。这会是谁呢？门被推开了——原来是那只熊，那只毛发蓬松的大灰熊！它在下面的院子里待得实在是太腻了，所以它才自己爬上楼来。这是我亲眼看见的。”月亮说。

孩子们看到这个毛发蓬松的大灰熊吓得不得了。他们每个人都钻到一个墙角里去了，可是，它把他们一个一个地都找了出来，在他们身上嗅了一阵子，可是一点也没去伤害他们！“它一定是一只大狗，”他们想，开始抚摸它。它躺在地板上。最小的那个孩子还爬到它身上，把他长满了金黄鬈发的头钻进熊的厚毛里，玩起捉迷藏来。接着那个最大的孩子取出他的鼓来，敲得咚咚直响。这时熊儿便用它的一双后腿立了起来，开始跳起舞来。这真是一个可爱的景象！

现在每个孩子背着一支枪，熊也背起一支来，而且背得样子看上去非常认真。他们真是找到了一个很好的玩伴了！他们开始“齐步走”起来——一、二！一、二……

忽然有人把门推开了，这是孩子们的母亲。你应该看看她的那副样子，那副惊恐得说不出话来的样子，那副惨白的面孔，那个半张着的嘴，和她那双发呆的眼睛。顶小的那个孩子却非常高兴地在对她点着头，用幼稚的口吻大声说：“我们在学军队练操啦！”

这时玩熊把戏的人也跑来了。

第三十二夜

风在猛烈地吹着，而且很冷，云块在空中奔驰。我只在偶尔之间能看到一会儿月亮。

“我从沉静的天空上望着下面奔驰着的云块！”他说，“我看到巨大的阴影在地面上互相追逐！”

“最近我向下面看了一下监狱。它面前停着一辆紧闭着的马车，有一个囚犯快要被运走了。我的光穿过了格子窗射到了墙上。那囚犯正在墙上写着几行告别的东西。可是他写的不是字，而是一支歌谱——他在这儿最后一晚从心里发出的声音。门打开了，他被带了出去，他的眼睛凝望着我圆满的光圈。”

“云块在我们之间掠过，好像我根本就不想看到他、他也不想看到我似的。他走进马车，门关上了，马鞭响了起来，马儿奔向旁边的一个浓密的森林里去——到这儿我的光就再也没有办法跟着他进去了。不过我朝那格子窗向里面望去，我的光滑到那支画在墙上的歌曲——那最后的告别词上去了。语言表达不出来的话，声音可以表达出来！我的光只能照出个别的音符，大部分的东西对我说来，只有永远藏在黑暗中了。他所写的是死神的赞美诗呢？还是欢乐的曲调？他乘着这车子是要到死神那儿去呢？还是要回到他爱人的怀抱里去？”月光并不是完全能读懂人类所写的东西的。

“我从沉静广阔的天空上望着下面奔驰着的云块。我看到巨大的阴影在地面上互相追逐！”

第三十三夜

“我非常喜欢小孩子！”月亮说，“很小很小的孩子特别的有趣。当他们没有想到我的时候，我常常在窗帘和窗架之间向他们的小房间窥望，看到他们自己穿衣服和脱衣服是那么好玩。一个光溜溜的小圆肩头先从衣服里冒出来，接着手臂也冒了出来。有时我看到袜子脱了下去，露出了一条胖胖的小白腿来，接着是一个值得吻一下的小脚板，而我也就吻它一下了！”月亮说。

今晚——我得告诉你——今晚我从一扇窗子望进去。窗子上的窗帘没有放下来，因为对面没有邻居。我看到里面有一大群的小家伙——兄弟和姐妹。他们中间有一个非常小的妹妹。她只有四岁，不过，像别人一样，她也会念《主祷文》。每天晚上妈妈坐在她的床边，听她念这个祷告。然后她就会得到一个吻。妈妈坐在旁边等着她睡着——一般来说，只要她的小眼睛一闭，她就睡着了。

今天晚上那两个较大的孩子有点儿闹。一个穿着白色的长睡衣，用一只脚跳来跳去；另一个站在一把堆满了别的孩子的衣服的椅子上，他说他是在表演一幅图画，别的孩子不妨猜猜看；第三和第四个孩子把玩具很仔细地放进匣子里去，因为事情应该是这样办才对的。不过，妈妈坐在最小的那个孩子身边，同时说，大家应该放安静一点儿，因为小妹妹要念《主祷文》了。

“我的眼睛直接朝灯那边望去，”月亮说，“那个四岁的小孩子正躺在床上，盖着整洁的白被褥，她的一双小手整齐地叠在一起，她的小脸露出严肃的表情，她在高声地念《主祷文》。”

“这是怎么一回事？”妈妈打断她的祷告说，“当你念到‘我们日用的饮食，天天赐给我们’的时候，你总加进去一点东西——但是我听不出究竟是什么。究竟是什么呢？你必需告诉我！”小姑娘一声不响，难为情地望着妈妈。“除了说‘我们每天的面包，您今天赐给我们’以外，你还加了些什么进去呢？”

“‘亲爱的妈妈，请您不要生气’小姑娘说，‘我只是祈求在面包上多放点儿黄油！’”

童心阅读在线

光棍汉的睡帽

哥本哈根有一条非常有名气的街道，它有一个奇特的名字——赫斯肯街。为什么叫这个名字呢？它又代表什么意思呢？它是德文。但是，人们在这里很明显是误读德文了；应该读成 HaAuschen，意思是：小屋子。这儿的小屋，在当时（以及多少年）看来，都和木棚差不多大小，大概就像我们在集市上搭的那些非常简陋的棚子一样。是的，诚然是大一点，有窗子，但是窗框上镶的却是牛角片，或者尿泡皮。如果要把所有的屋子都镶上玻璃窗，那实在是太昂贵了，不过那已经是很久很久以前的事情了，连祖父，甚至曾祖父在讲到它的时候，也都称它为“从前”，已经几百年的时间了。

不来梅和吕贝克的富商们在哥本哈根经商，他们自己是从来不来这种地方的，而是派伙计来。这些伙计们住在“小屋街”的木棚里，销售各种各样的啤酒和调味品。德国啤酒真是好喝极了，而且种类繁多。不来梅的、普鲁士的、埃姆斯的啤酒——是啊，还有不伦瑞克的烈啤酒，简直是数不胜数。还有各种各样的调味品，譬如说番红花、茴芹、姜，特别是胡椒，是啊，胡椒确定是这里出售的最重要的商品。就因为这个，在丹麦的这些德国伙计们还得了一个名字：胡椒汉子。这些伙计们不能在这边结婚，这是合同上约定他们必须遵守的条件。

他们当中许多人已经上了年纪，他们得自己照管自己，自己料理生活中的一切事情，扑灭自己胸中曾经燃烧过的激情之火，如果说还有火可言的话。有一些还成了老光棍儿，思想古怪，习惯怪僻。大伙儿把他们这种到了相当年纪还没有结婚的男人叫作“胡椒汉子”。对这里所曾经发生的一切必须有所了解才能明白这里的玄机。

大伙儿经常和胡椒汉子开玩笑，说他应该戴上一顶睡帽，躺下睡觉时，把它拉下好遮住自己的眼睛。丹麦的孩子们编了一首歌谣：

砍哟砍哟把柴砍，

唉，可怜的光棍汉，

戴顶睡帽爬上床，

还得自个儿把烛点！

是啊，大伙儿就是这么唱这些胡椒汉子的。大伙儿开胡椒汉子和他的睡帽的玩笑——正是因为对他和睡帽知道得太少了——唉，那顶睡帽谁也不愿意戴上。这又是为什么呢？是啊，那就让我慢慢道来吧！

早年，在小屋街那边，街道上还没有铺上石块，人们经常是深一脚浅一脚地全踩在坑里，就像在破烂的坑洞道上走。那里又很狭窄，住在那里的人站着的时候，样子是很狼狈的，真是肩挨着肩，和街对面住的人靠得又这么近。等到夏天，布遮篷经常要从这边的住家搭到对面的住家那边，其间胡椒、番红花、姜等发出的味道比平时更浓烈了。站在柜台后面的没有几个是年轻小伙子，不，大多数都已经是老伙计了。他们完全不像我们想的那样戴着假发、睡帽，穿着紧裤腿的裤子，穿着背心，外衣上扣子扣得整整齐齐。不是的，那是曾祖父在很久很久以前的穿着，人家是那样画的，胡椒汉子是花不起钱找人给自己画那种奢华的画像的。要是有一幅他们当中某一个人站在柜台后面，或者在圣节的日子悠闲地走向教堂时的那副样子的画像，那倒还真值得被人们好好地收藏起来。他们的帽檐很宽，帽顶则很高，那些最年轻的小伙子还在自己的帽檐上插上了一根名贵的羽毛。毛料衬衣被一副熨平贴着的麻料硬领遮着，上身紧紧的，扣子全扣齐了，大氅松宽地罩在上面，裤腿口塞在宽口的鞋里，因为胡椒汉子是不穿袜子的。他们的腰带上挂着吃饭时用的刀和汤匙，是的，那里甚至还吊着一把大刀，以保卫他们的安全，这种武器那些年代常用得着。

老安东——小屋街上最老的一位胡椒汉子，在喜庆的日子里正是这样一副穿着打扮。只不过，他没有高顶帽，而是戴着一顶在很多人看来很廉价的便帽。便帽下有一顶针织的小帽，那就是地地道道的睡帽。他对这顶睡帽已经很习惯了，无论到哪儿总是戴着它，他有两顶这样的帽子。他的身材瘦得像根杆子，嘴角、眼角满是皱纹。他的手指和手指节都很长，眉毛灰蓬蓬的，活像两片矮丛镶在了脸上，左眼上方耷拉着一撮头发，当然，根本就谈不上什么漂亮了，但是非常容易让人辨认出来。大伙儿知道他来自不来梅，然而，他实际上又不是那个地方的人，他的东家住在那里。他是图林根人，从紧挨着瓦尔特堡的艾森纳赫城来。老安东在自己的言谈中是不常谈到这个地方的，可是他还是很惦念这个地方的。

街上的老伙计们并不常聚在一起，只待在各自的铺子里。铺子在傍晚便早早地关上了门，看上去很黑，只是从棚顶那很小的牛角片窗子里透出一丝微弱的光。在屋子里，那老光棍经常一个人呆呆地坐在床上，拿着他的德文赞美诗集，轻轻唱着他的晚祷赞美诗。有时他在屋里东翻翻西找找，一直折腾到深夜，根本谈不上一丝有趣。在外打工的境况是很辛酸的，自己的事谁也管不着，除非你妨碍别人的事情了。

夜里漆黑一片又下着雨的时候，那一带可真是无比的昏暗荒凉啊。除了街头墙上的圣母像前挂着那唯一存在着的一小盏灯外，一点别的光也没有。街的另一头，不远处，可以听见水带着响声冲刷着木水闸。这样的夜多么漫长寂寞啊，除非人们能找些事情来做。打包裹，拆包裹，收拾收拾小屋或者擦擦称东西用的秤，可这又不是每天都必须做的，于是人们还得找点别的事来做。老安东就是这样，他经常一个人自己缝衣服，补鞋子。待到他终于躺到床上时，他便和往常一样戴上他的睡帽，把它拽得更朝下一些。但是不一会儿他又把它拉上去，莫名其妙地看看烛火是不是完全熄了。他用手摸摸，捏了一下烛芯，然后又静静地躺下了，翻朝到另一边，又把睡帽拉了下来。但往往又想着：不知那小火炉里的煤是不是都燃尽了，火是不是都完全灭了，就是那么一点小小的火星，也可能会酿成大祸。于是，他又和刚才一样爬起来，爬下那还称不上是楼梯的梯子，他走到火炉边，终于看不到一点火星了，便又转身回去。然而，他常常只转了一半，自己又弄不清门上的铁栓是不是已经插好了，窗子是不是插好了。是啊，他又得用十分瘦弱的腿走下来。爬回床上的时候，他早已经冷得浑身发抖，牙直打哆嗦。寒气这东西是在知道自己快无法肆虐的时候才特别猖狂起来。他用被子把自己盖得严严实实，睡帽也拉得紧紧的，以盖住眼睛。这时候，一天的生意买卖和艰难苦楚的念头全都没有了。可是，随之而来的并不是什么令人高兴的事，这时候又会想起许许多多的难忘的往事。想要放下窗帘，窗帘上有时别着缝衣针，一下子又被针扎着了。“噢!”他会大叫起来。针扎进肉里真是钻心的疼啊，于是他便眼泪汪汪。老安东也常常挨扎，双眼经常掉落大颗大颗的眼泪，颗颗像明亮的珍珠。泪落到被子上，有时也会落到了地上，那声音就好像一根痛苦的弦断了似的，很刺心的痛。带着耀眼的火焰记忆，记忆便为他照亮了自己的一幅生活图像，这图像从来没有从他的心中消失过。如果他用睡帽擦干自己的眼泪，泪碎了，图像也碎了，可是引起这眼泪的源头却始终存在，它深深藏在他的心中。图像并没有按照它们发出的情况显现出来；出现的往往是最令人痛苦的一幕，还伴随着最快乐的情景，也正是这些撒下了最黑暗、最深刻的阴影。

“丹麦的山毛榉林真美!”人们经常会这么说。可是对安东来说，瓦尔特堡一带的山毛榉林更美。在他看来，那山崖石块上垂悬着爬藤的雄伟骑士宫堡附近的老橡树，更宏大，更威严。那边的苹果花比丹麦的花更香。他现在还可以，感觉到这一切的：一颗亮晶晶的泪从他的脸颊滚落。他清楚地看到里面有两个非常可爱的小孩，一个男孩和一个小女孩还在那里无忧无虑地玩耍。男孩的脸红彤彤的，头发卷曲金黄，眼睛是蓝色的，看上去非常诚恳，那是富有商人的儿子，小安东，他自己。小姑娘长着棕色眼睛和黑头发，她看上去胆子很大，又很聪明，那是市长的女儿，莫莉。他们两人在玩一个苹果，他们在空中摇晃着那个苹果，要听里面的核子发出的独有的声音。他们把苹果割成了两半，每人各自拿了一块，把里面的子各分一份，把子都吃掉，只留了一粒种子。小女孩认为应该把它埋在土里，好留作明年之用。

“你就瞧着它会长出什么来吧，它会长出你完全意想不到的东西的，它会长出一整棵苹果树来的，不过，绝对不会是现在。”他们把苹果子埋在一个花盆里。两个人都非常地聚精会神，小男孩用手指在土里刨了一个坑，小女孩把子放了进去，然后两人一起用土盖上。

“你明天早晨可不能把它刨出来看它是不是长根了啊，”她说道，“这是不可以的。我就对我的花这样做过，只干过两次，我要看看它们是不是在长大，那时我不太懂事的，那些花毫无疑问最后都死了。”

花盆放在安东家里，整个冬天伯早晨他都要去看看那个花盆，但是只看见那一抔黑土，其他什么都没有。后来春天到了，太阳暖暖地照晒在土上，花盆里不知道什么时候冒出了两片小小的绿叶。

“它们是我和莫莉！”安东说，“它们非常漂亮，简直无与伦比啊！”不久又长出了第三片叶子。这象征着谁呢？是的，接着又长出了一片，接着又是一片！它在不停地长着，越长越大，终于长成一棵小树了。眼前发生的一切，现在都在一颗孤单的眼泪中映射出来了，眼泪碎了，不见了，但是它又会从眼睛里涌出的——从老安东无限伤痛的心里涌出的。

艾森纳赫附近有不少石山，其中一座圆圆的立在那里，没有长树，没有矮丛，也没有任何随意长着的小草，它被人们叫作维纳斯山。里面住着维纳斯夫人，异教徒时代的一位女神她又被称为霍勒夫人。艾森纳赫所有的孩子当年都知道，现在你问任何一个孩子也还知道她。她曾把瓦尔特堡赛歌的民歌手、高贵的骑士汤豪舍引诱到她那里去了。

小莫莉和安东常到山前去。有一次，她说：“你敢不敢喊：霍勒夫人！霍勒夫人！开开门，汤豪舍来了啊！”可是安东还是没那个胆子，而换到莫莉就敢，但只敢喊这几个字：“霍勒夫人！霍勒夫人！”她高声地喊，其他的字她只是对着风哼了几声，很含糊。安东很肯定，她根本就没有发出任何的声音。她看上去很勇敢，有时她和其他小女孩在花园里和他碰上的时候，小女孩们都情不自禁地想亲吻他，而他又偏不愿意被人吻自己的脸，要从女孩的包围中挣脱开，就只有她一个人敢去吻他了。

“我敢吻他！”她高傲地说道，很随意地搂着他的脖子——这其实就是她的虚荣心。安东让她吻了，他根本就没犹豫。她是多漂亮、多大胆啊！山上的霍勒夫人据说也应该是这么美的。但她那种美，是坏人挑逗好人般的美丽。最高境界的美应该是圣洁的伊丽莎白身上那种洁白无瑕的美。她是保护这块土地的女圣人，图林根虔诚的公主，她的善行在这一带许多地方的传说和传奇故事中都是家喻户晓、广为称颂的。她的画像悬挂在教堂里，四周装点着银灯——可是她一点也不像他心爱的莫莉那样。

两个孩子种的那棵苹果树，一年年地长大了。它已经长到必须移植到花园里去了，否则无法继续生长。在自然空气中有露水来浇灌它，和煦的阳光照晒它，它得到了无穷的力量来抵御寒冷的冬天。在严寒的冬天之后，到了春天，它开出美丽的花朵庆祝度过严寒；秋天的时候，它结了两个苹果。莫莉一个，安东一个。

苹果树在迅速长大，莫莉和树一样成长着，她清新得就像一朵苹果花一般；但是，他不可能更长久地看见这朵花了。一切都在改变，一切也都在不停地消失着。莫莉的父亲离开了老家，莫莉也跟着去了，远远地离开了这里——是的，在今天，乘上汽船，那只是几个小时的路程，但是在很久以前的那个时候，人们要用比一天一夜还多的时间才能从艾森纳赫往东走到那么遥远的地方，那是图林根最边缘的一个小地方，今天仍然叫作魏玛的城市。

莫莉哭了，安东也哭了——那么多伤心的眼泪，是啊，都包含在一颗泪珠里了，它有着欢乐的红色和美丽的光。莫莉说过她喜欢他胜过喜欢魏玛那座城市所具有的一切。

一年过去了，两年、三年过去了。在这期间来了两封信，一封是运货跑生意的人顺便带来的，一封是一位游客帮着带来的。路途又远又艰难，弯弯曲曲的，其间还经过了不少城镇。

安东和莫莉经常听到特里斯坦和伊索尔德的故事。他每每由故事联想到自己和那个日思夜想的莫莉，尽管特里斯坦这个名字的意思是“他生于痛苦之中”，而这一点不符合安东的心情，他宁愿永远不像特里斯坦那样会有“她已经把我忘记”的伤心想法。可是你知道，伊索尔德也并没有忘记自己心爱的朋友。在他们两人死后，各自被埋在教堂的一侧时，坟上各长出了一棵椴树，漫过了教堂顶部，在上面最终还结合在一起开花了呢。安东认为这个故事很凄美——而他和莫莉是不会有这样的结局的。于是他哼起了云游诗人瓦尔特·冯·德·福格尔魏德的一首小诗：荒原椴树下！

这一段听起来特别的美：

从树林那边，在静静的山谷中，

坦达拉莱依！

传来了夜莺的歌声！

这首短诗总是挂在安东的嘴边。月色明亮的夜晚，当他骑马走在满是坑坑洼洼的路上，奔向魏玛去看望他的莫莉时，他唱着这首小诗，嘴里还不时打着口哨，完全出乎莫莉的意料之外，他风风火火地到了那里。

他受到了热烈欢迎。杯子盛满了酒，宴会上欢声笑语，莫莉为他介绍高贵的宾客，还为他提供了舒适的房间和舒适的床，可是，却完全不像他想象和梦寐以求的那样美好。他完全搞不清当时自己的想法，他也不明白别人的想法。但是我们却能明白这一切。你可以进入那间屋子，你可以到那一家人中间去，但却无法成为他们中的一员。我们与遇到的人交谈，就像是在驿站马车里交谈一样；我们对他们一无所知，甚至在互相干扰，心想最好自己走开或者他们也尽早离开。是啊，安东的感觉就是这样。

“我是一个很直爽的姑娘，”莫莉对他说，“我要亲自对你讲清楚，当我们还是孩子时，在一起相处过，从那以后，经历了很长很长的一段时间，中间有了很大变化，不论内心或是外表，都与当年判若两人，习惯和意志力控制不了我们的心。安东，我不愿意你把我看成可恨可憎的人。现在我要远离这里了——相信我，我衷心希望你一切都好。可是让我喜欢你，像我现在长大后所理解的那样，女人男人那样喜欢你，是不可能的了——这一点你必须忍受——再会了，我亲爱的安东!”

安东也道了别，他的眼中没有一滴泪水。他感到，他不再是莫莉以前那么要好的朋友了。一根炽热的铁棍和一根冰冷的铁棍在我们亲吻它们的时候引起我们嘴唇上的感觉是完全相同的，它们咬噬着我们的嘴唇。安东的吻曾经是充满爱恶的吻，现在变成了憎恨的吻。不到一天一夜的时间他便又回到了艾森纳赫，可是他的坐骑就再也无用了。

“还有什么说的!”他说道，“我也被毁了，我要把能令我想起她的一切东西都摧毁掉：霍勒夫人、维纳斯夫人，不信仰基督的女人！我要把苹果树全部折断，把它连根拔起！它绝不能再开花，再结果了！要全部毁掉。”

可是，苹果树并没有被毁掉，他自身却被摧毁了，躺在床上发着高烧。什么能救助他呢？人们送来了一种能救他的药，能找到的最苦的药，在他有病的虚弱的身子里，在他那萎缩的灵魂里翻腾的那种药：安东的父亲再不是那个非常有钱的商贾了。沉重的艰辛的日子终于来到了这个人家。它们冲了进来，像汹涌的巨浪撞击着那个曾经富有的家庭。父亲一下子变成穷光蛋了，悲伤和不幸击瘫了他。这时安东不能再沉浸在爱情的苦痛里了，再想着怨恨莫莉，他有别的事情不得不去想了。现在他要在家中又当父亲又当母亲了，他必须安顿好自己贫困的家，必须料理好那个已经是破烂不堪的家，必须真正动起手来，自己走进那个大千世界闯荡一番了，也只有这样才能挣钱糊口。

他来到了不来梅，尝尽了艰辛和困苦的滋味。这难熬的岁月令他的心肠变得比任何人都要硬，但也令他的心肠变软，变得更加软弱。世界和世上的人与他孩提时代所想象得多么不一样啊！咏唱诗人的诗现在对他又如何呢：叮当一阵声响罢了！一阵饶舌罢了！是啊，有时他就是这样想的。不过在其他的时候，那些诗歌又在他的心灵中不知不觉鸣唱起来，他的思想又变得虔诚起来。

“上帝的旨意是最恰当不过的！”他说道，“上帝没有让莫莉的心总是眷恋着我，这不能不说是一件好事。到底会有什么样的结果，幸福现在不是离我而去了吗！她在我那富裕的生活出现巨变之前就离我而去了，这样也好啊。这是上帝对我的仁慈，所发生的一切都是再妥当不过的了。一切正在发生的都是明智的！都不是她力所能及的，而我却是这么尖刻地对她怀有无限的不满和敌意！”

岁月流逝。安东的父亲溘然离世，祖屋里住进了外人。然而，安东很想再看看它，家资万贯的东家派他出差，他顺路经过了他的出生地艾森纳赫。古老的瓦尔特堡和那些石刻的“修士和修女”依然和往常一样矗立在山上，巨大的橡树仍然像他孩提时代那样，显露出丝毫未改的轮廓。维纳斯山在山谷里兀立着，光秃秃的，散发着灰色的光芒。他真想说：“霍勒夫人，霍勒夫人！把山打开，我便可以在家园故土安眠了！”

这是罪恶的的想法，他在胸前画了个“十字”。这时一只小鸟在矮丛里歌唱，他的脑中又浮现出了那古老的短歌：

从树林那边，在静静的山谷中，

坦达拉莱依！

传来了夜莺的歌声！

他透过泪珠观看着这个自己孩提时代曾经美丽的城市，回忆起许多往事。祖屋犹如昔日，只是花园有了一些改变，一条田间小路穿过了花园的一角。那棵他没有毁掉的苹果树还在那儿静静矗立着，不过已经被隔在花园外面小路的另外一侧了。只不过阳光依旧如往昔一样照耀着它，露水依旧滋润着它。它结着满树的果实，枝头都被压弯，垂向地面了。“它依旧是那么茂盛！”他说道，“它一直会那样的！”

有一根大枝被折断了，是一双令人讨厌的手不知道在什么时候干的，你们知道，这棵树离公用道路太近了。

“他们摘它的花，连一声谢谢都不说，他们偷它的果实，折它的树枝。可以说，我们谈论一棵树，就和谈论一个人的生命历程是一样的。它在自己的摇篮里，哪里会想到它今天的模样啊。一段经历开始是那么的美好，可是结果怎么变成这样了呢？它被丢弃，被遗忘，成了沟边的一棵很普通的树，站在路边田头。它长在那里受不到任何保护，任人肆意攀折！尽管它并没有因此而枯萎死去，但是它的花一年年不知不觉中变得越来越少，它不再结实，直到最后——是啊，这一段经历便这样结束了！”

这是安东坐在树下的想法，也是他在那个遥远的国度里，在哥本哈根那个小屋街上一座孤寂的木屋子里，在许多漫漫长夜里，所想起的东西。他富有的东家，不来梅的商人派他来到这里，条件是他不能结婚。

“结婚！哈哈！”他深沉而莫名其妙地狂笑起来。

冬天来得很早，寒风刺骨。屋外有暴风雪，凡是能待在家里的人都待在家里不出去。这样，住在安东对面的人就没有注意到安东的屋子已经整整两天没有开门了。他自己也一直没有露面，只要能够不出门，谁愿意在这种天气跑到外面去呢？

天灰蒙蒙的，你知道对那些窗子上没有装玻璃的住家来说，常常都是非常难熬的夜。老安东整整两天没有下床了，事实上他也没有气力这么做了。他的躯体早就感觉到外面那恶劣的天气了。这个老胡椒汉子孤零零地一个人躺在床上，无人照料，自己又没法照料自己，他连伸手去够水壶的力气都没有了。而那个水壶，他把它就放在了自己的床边，里面的最后一滴水也被喝光了。他可能并没有发烧，也没有病，是衰老的年龄在无情打击着他。在他躺着的地方四周几乎就是那永无止境的漫漫长夜。一只他看不见的小蜘蛛，满意地、忙碌地在他的身子上方织着网，就仿佛这个老人在合上自己眼睛时，依然有一丝清新的悲纱在飘动一样。

时间是这么的长，死一般地空虚无助；泪已干，痛楚也早已消失；莫莉根本就不存在于他的思想里。他有一种感觉，世界和世上的喧嚣已不再属于他了，他早已把那些东西置之度外，没有人会想着他的。在短暂的一瞬间，他感觉到了饥饿，也感到了口渴，——是的，他感觉到了！可是没有谁来照顾他，实际上也不会有谁来的。他想起那些生活艰难的人，他想起那圣洁的伊丽莎白还在世的时候，她是自己家乡和孩童时代的美丽的圣女，图林根高贵的王子夫人，高贵的夫人，她经常亲自走进最贫困的环境里给无限痛苦中的病人带去希望和美味的食物。她虔诚的善行在他的思想中发光，他记得她是怎样走去对遭受苦难的人说出那些让人感到无限安慰的话，怎样给受伤的人医治创伤，给挨饥受饿的人送去食物，尽管她严厉的丈夫对她的所作所为很恼怒。他记得关于她的传说，在她提着装满酒和食物的篮子出门时，她的丈夫是怎样监视着她，突然闯出来并非常气愤地问她，她提着的到底是什么。她在恐慌中回答说是从花园里摘的玫瑰。她的丈夫把篮子上盖着的布揭开，在这位虔诚的妇人面前，的确出现了奇迹——酒、面包、篮子里所有的东西都变成了玫瑰。

这位女圣人就是这样活在老安东的思绪中的，活生生地出现在他疲惫无助的眼神里，出现在丹麦国土上他那简陋的木棚里。他伸出头，用温和的目光无限期待地看着她。四周都是圣洁的光彩和鲜艳的玫瑰，是啊，这些光彩和鲜花又展开成了一片，气味好闻极了。他感觉到一种特别好闻的苹果香味，他看见那是一棵盛开着鲜艳花朵的苹果树，好像就是他和莫莉种下的那棵。苹果树将自己芳香的花瓣散落到他发烧的脸上，使它冷却了下来；叶子就像是使人精神焕发的酒和面包一样，垂落到他干渴的嘴唇上；它们落在他的胸口上，他感到那么的轻松安详，催人欲睡。

“现在我真的要睡了！”他小声说，“睡眠会使人恢复精神。明天我便会痊愈了，便会变得健康起来！真好啊！真好啊！怀着爱心种下的那棵苹果树，现在在我面前，放射出天国的光辉！”

他终于静静地睡去了。

第二天，那是这个屋子的关门的第三天，雪不知在什么时候停了，对面的人家来探望好长时间没有露面的老安东。他平躺着安静地死去了，那顶老睡帽被他捏在手里。入殓时人们没有为他戴上这顶心爱的睡帽，因为他还有一顶干净洁白的帽子。

他曾经落下的那些泪都到哪里去了？那些珍珠到哪里去了？它们在睡帽里——真正的泪是永远也洗不掉的——它们留在睡帽里了，被人遗忘了——久远的思想和悠远的梦，是啊，它们依旧在胡椒汉子的睡帽里。别想再去拥有它了！它会让你的脸烧得绯红，它会让你的脉搏莫名加快，会让你做梦，而一切又都像真的一样。安东死后戴过这顶帽子的第一个人就有这样亲身的体会，虽然已经是半个世纪之后的事了，这个人就是市长本人。这位市长有十一个孩子，家里日子很好。他一下子就梦见了婚变、破产和毫无着落的梦境。

“嗬！这睡帽真是让人感到发烧啊！”他说着，扯下了睡帽，一滴子，又一滴子滚了出来，滴出响声，发出闪光。“我的关节炎犯了。”市长说道，“我的眼睛有些发花。”

那是泪，半个世纪以前的泪，艾森纳赫的老安东的泪。

不论谁后来戴上这顶睡帽，他都会在不知不觉中坠入幻境做起梦来，他自己的故事变成安东的故事了，成了一个完整的童话，很多曾经是那么美丽的童话，别人也可以来讲。现在我们讲了第一篇，我们这一篇最后的话是：永远也不要希望戴上这顶胡椒汉子的睡帽啊。

老头子做事总不会错

现在，我要给你们讲一个我幼年时代听到的故事，我经常会在自己的脑海里琢磨这个故事。故事的内容非常有意思，就像许多人一样，交往时间越长，就显得越可爱。

我想你一定去过农村吧，肯定看到过这样一座非常破旧的房子：房顶是用茅草盖的，上面长满了各种各样的杂草。房檐上还有一个鹳鸟的安乐窝。这座房子已经盖了很多年了，墙看上去都有些倾斜了，窗子也非常小，其中只有一扇窗户是能打开的。院子里有一棵参天大树，还有一条看门的大黑狗，每当有人从这个地方经过时，它就会“汪汪”地乱叫。房子的旁边有一条清澈见底的小河，一群小鸭子正在河里嬉戏着。

在一个村子里有这样一座破旧的房子，里面住着一对已经上了年纪的夫妻。他们靠种庄稼为生，生活贫穷，他们有一匹非常瘦的马，但他们对这唯一的财产并不太在意，而是非常随意地让它自由自在地到路边那块草地上悠闲地填饱肚子，在大自然的关照下自食其力。老农夫有时骑着马也去一下城里，好心的邻居偶尔也会借用这匹马，然后再顺便帮着这对老夫妻干点儿农活儿作为回报。

有一天，这对老夫妻想将这匹马卖掉或者用它来交换一些对自己更有价值的东西。但是，他们当时心里也拿不准该怎样去处理这匹马。

“老头子，你就做决定吧！我都听你的。”老婆子在一旁说，“今天应该是镇上赶集的日子，你骑着马去城里转一转吧，将它卖了换些钱或者别的什么东西，你做的每一件事我相信都不会错的。”

老婆子拿来一条围巾，为他包好随身需要带的东西，还顺手给老头子打了一个非常漂亮的蝴蝶结，做这样的事她可比老头子在行多了。老婆子帮老头子把旧帽子戴好，临走前还给了自己亲爱的老伴一个深深的吻。就这样，老头子骑上了马兴高采烈地走了，他准备把马卖掉或者换些对他们而言更有用的什么东西，他知道应该怎样和别人讨价还价。

太阳热得就像要烧着了一样，路上尘土飞扬，由于去镇上赶集的人实在是太多了，他们有的步行，有的骑马，有的赶车。天气实在太热了，路上没有一块有阴凉的地方。

有一个人赶着一头母牛走来，这头母牛比任何普通的母牛都漂亮。因此老头子心想："用马换一头母牛，肯定特别划算的，因为母牛能产出许多牛奶。"于是他对那个赶牛的人说："喂，牵牛的人，我想跟你聊聊，你知道一匹马要比一头母牛值钱得多，可一头母牛对于我更有用，因此我倒不在乎自己有些什么损失，要是你同意的话，我们交换一下，行不行?"

"我愿意。"牵牛的人非常痛快地说。

老头子用自己的马换了这头能产奶的母牛，该回家了，可他想，既然去赶集，那就去多走走看看吧，开开眼界也好啊。就这样，他牵着牛不慌不忙地向镇上走去。

他牵着牛走得非常快，没过多久就赶上了前面一个牵着一群羊的人。他看见有只羊又肥又壮，而且毛又密又细，非常合他的心意。

"有一头羊也蛮不错的啊!"他心里高兴地想，"它比牛小得多，吃的也很少，冬天的时候，它可以和我们俩一起待在屋里，这样一来就非常省事，不用给它盖羊圈了啊。"

"喂，牵羊的人，你愿意用你的那只羊换我的这只牛吗?"老头子非常高兴地说。

"当然愿意了。"接着，他们二话没说就非常顺利地交换了彼此的物品。老头子牵着羊继续向前走着。没多久，他又遇上一个抱着一只大鹅的人。那个人正坐在路边的一块大石头上休息呢。

"好大的一只鹅啊，而且还挺肥的!"老头子在一旁自言自语，"放在我们家附近的小河里饲养，想起来就很让人高兴啊，我的老伴儿只需要弄点儿菜叶和果皮什么的来喂养它就完全可以了啊。重要的是它还能下好多蛋啊，我的老伴儿不知和我说过多少回了，一直都想要这样一只鹅，如今我完全能够办到这件事啊。喂，那个抱鹅的人，你愿意用你的鹅换我牵的这只羊吗?要是你愿意，我还要代表我老伴儿感谢你呢!"

那个人想都没想就答应了，于是在老头看来非常划算的一笔交易就这样做成了。

老头子抱着大鹅心满意足地继续向前走着，不久就要到镇上了。这时，路上的行人忽然变得越来越多了，人和各种各样的牲口们挤在了一起，他们都小心翼翼的紧靠着沟沿走着，到了关卡，他们索性走到了那个关卡收税人的庄稼地里去了。收税人用绳子正拴着一只母鸡在那里吃食呢，生怕人多会将那只母鸡吓跑，神情非常紧张。这是一只非常漂亮且短尾巴的母鸡，它总是一个劲儿“咕咕”地叫着，谁也不知道它在说些什么。但是，老头子一看到那只鸡，心中马上就想到：“这只鸡比我们牧师的那只鸡还要好啊，我倒非常希望这只鸡现在就是我的啊，一只鸡只需要自己去找些麦粒什么的食物，就能养活自己了，而且还可以下许多许多的鸡蛋。一只鹅换一只鸡，还是挺不错的买卖啊。”

“好的，赶快换吧!”收税人说。接着他留下那只大肥鹅，老头子也非常高兴地抱走了那只母鸡。

老头子在赶集的路上，真是做了一路买卖啊。天气很热，他这时感到又累又渴，就走进了一家酒馆，想喝杯冰镇啤酒来解解渴。酒馆里的伙计这时也恰好走出来了，两人不约而同地撞在了一起，伙计正背着一个装满东西的袋子。

“你的袋子里装的是什么东西啊，怎么鼓鼓囊囊的啊?”老头子问。

“烂苹果，要拿去喂猪的。”伙计随便说了一句。

“都拿去喂猪，真有些浪费啊。”老头子惋惜地说，“去年我家的那棵老苹果树只结了一个苹果，我们将它摆在桌子上，一直放烂了都没舍得吃。不管怎么说也算是我们的一笔财产啊，我的老婆子常常对我这么说，要是我可以得到一袋子苹果，那么我的老伴儿就能看到一大堆的财产了啊。”

“你想出多少钱?”小伙计饶有兴趣地问。

“我想拿我的鸡换这袋苹果，你看可以吗?”

就这样，老头子又用那只母鸡换了一袋子烂苹果，他背着这袋子烂苹果走进了一家酒家，那里有好多喝酒的人：有马贩子、农夫，还有两个英国人。他们的腰包都是鼓鼓的，看上去很有钱，他们还总是爱打赌。突然炉子旁边传来了“呲呲”的声音，原来老头子将那袋子烂苹果放在了炉子旁。

“那是什么啊？”一个英国人非常感兴趣地问。

老头子把他用一匹马换了一袋子烂苹果的事情原原本本地和他们讲述了一遍。

“你等着回家挨揍吧。你的老婆非得用一根大棍子狠狠地打你一顿不可！”两个英国人在一旁打趣地说。

“你们全部都错了，我肯定会得到一个深情的吻，而不是像你们说的那样挨一顿暴打，而且我的老婆子还会和我说：‘老头子你做的事我相信总是不会错的！’”

“那我们打一个赌怎么样？要是我们最后输了，我们俩就给你满满一桶金币怎么样？”两个英国人也很不在乎地说。

“行，要是我真的输了，我只有这么一袋子烂苹果了，不过，我可以将我本人和我的老婆子也押上。”老头子语气也非常坚决。

“好，那就这么定了，不许反悔啊。”两个英国人说。

就这样，两个英国人租了店主的马和车，和老头子一起踏上了返程的路。

“晚上好啊，我亲爱的老婆子。”

“晚上好啊，我亲爱的老头子。”

“我已经把那匹马换成一些非常好的东西了。”

“非常好啊，你自己终于知道该怎么做了啊。”老婆子说着拥抱了一下自己亲爱的老头子，她根本就不在乎她的老头子换来的究竟是一些什么东西，也完全不理会那两个英国人的到访。

“我将马曾经换成了一头母牛。”老头子在一旁说。

“很好呀，我们的饭桌上很快就会有奶酪、黄油和非常好喝的牛奶了。这笔买卖你做得挺划算的。”老婆子非常高兴地说。

“是的，可我又将那头母牛换成了一只羊了。”

“啊，那就更好了啊！你想得还真周到，我们家的草地就只够养一只羊的啊，我们不久就会有许多的羊奶、羊毛上衣、羊奶酪、羊毛袜子了，而母牛的毛只会白白脱落。这笔交易你做得更划算啊。”老婆子还是十分高兴地说。

“不过，我又将那只羊换成了一只大鹅。”老头子越来越小声地说。

“亲爱的老头子，那我们今年就有烤鹅吃了啊，你老是想尽办法给我惊喜，让我高兴啊。我们把鹅放到我们家附近的小河里去养，这样在烤它之前，它就会长得更肥些、更好吃些的啊。”

“但是，我又将鹅换成了一只母鸡啊。”老头子有些胆怯地说。

“母鸡？换得好，母鸡会下许多的蛋，蛋还能再孵出许多的小鸡来，我们不久就会有一群小鸡了呀！啊！这正是我的一件事啊。”老婆子兴奋不已地说。

“不过，我又将那只母鸡换成了一袋子烂苹果。”老头子的声音像蚊子一样。

“噢，感谢上帝呀！我不得不吻你一下了，我亲爱的好丈夫。”老婆子无比兴奋地说，“我跟你说一件事，今天清晨你骑着马一走，我就开始考虑今晚做点什么好东西给你吃呢，我想到了煎火腿蛋加香菜。不过我们家没有香菜呀。我知道我们的邻居种许多的香菜，可是，谁都知道那位富人家的太太是非常吝啬的，我去求过她借给我一点点香菜，她一听完我的话，就很不情愿地高声叫嚷了起来：‘我家的菜园里什么都没有，别说香菜了，哪怕就是一个烂苹果也没有，就是连一个烂苹果我也无法借给你的。’现在多好啊，我能借给她一个烂苹果了，甚至足足一袋子的烂苹果都可以的，你的这笔交易实在太好了，真让我大喜过望啊！”说完，她给了呆呆的老头子一个热吻。

“这幅情景我倒是挺喜欢看的！”一个英国人说。

“原以为是越换越糟糕了，谁知却是让人非常欢喜的。我们的钱没有白花啊，不管怎么说这件事本身就非常值钱。”另一个英国人补充说。

因此，两个英国人很爽快地付给老头子一桶金币。

不错，对于那个老头子的妻子来讲，始终相信自己的丈夫是这个世界上最睿智的人，并且一直承认她丈夫所做的一切事情都是正确的，那么他们俩就一定会因为他们之间这种多年来形成的默契而得到最好的回报。

好了，我把儿时听到的故事讲完了，现在我也算明白为什么那个老头子做事总是对的了。

光荣的荆棘路

很多人小时候都听说过这样一个叫作“光荣的荆棘路”的古老传说：一个叫布鲁德的猎人获得了无上光荣，但伴随他的却是长期和极大的困难和生命危险做斗争。长大后我们可能还读过它，也由此想起自己生命中经历过的“荆棘路”和“极大的困难”。传说和现实的区别不大，只不过传说在我们的世界里经常有一个美好的结局，而现实中境况往往在今生没有结果，只好等到永恒的未来。

在时代的黑色背景上，世界历史如同一幅巨大的幻灯片放映出明朗的画面，向世人讲述着那些造福人类的善人和天才的殉道者所走过的荆棘路。

这些荣耀的画面把各个时代、各个国家都呈现在我们眼前。每个画面虽然转瞬即逝，但是它却代表着充满斗争和胜利的一生。此刻，让我们来看看殉道者行列中的人——除非这个世界本身消失，否则这个行列是无穷无尽的。

此刻，映入我们眼帘的是一个挤满了观众的圆形剧场，讽刺和幽默的话语从阿里斯托芬的《云》里如潮水般喷射出来。舞台上的人们正在从身心上讥笑着雅典最伟大的人。他保护过反抗三十僭主的战士。他的名字是苏格拉底，他在混战中救了阿尔西比亚德斯和色诺芬，他拥有超出一般人的聪明智慧。此刻他本人就坐在剧场的观众席上，他起身走向舞台，让正在哄堂大笑的人们可以看清，他本人和舞台上被讥笑的那个人有什么共同之处。他站在他们面前，高高地站在他们面前。

你，多汁的、绿色的毒胡萝卜，给雅典投下阴影的不是橄榄树，而是你！

荷马去世之后，七个城邦争论起来，都说荷马出生在自己的城邦里！请看看荷马活着的时候吧！他在这些城邦里居无定所，靠朗诵自己的诗篇度日。他一想起以后的生活，头发就会变得灰白。他，这位伟大的先知者，是一个寂寞的失明者。这位诗中圣哲的衣服被锐利的荆棘扎得稀烂。

他的诗歌仍旧是鲜活歌，古代的英雄和神仙也得以复活。

画面一个接着一个地从东方、西方被放映出来。无论在时间还是在空间上，这些国家彼此相距甚远，但是它们同样拥有光荣的荆棘路。长满刺的蓟只有它点缀着坟墓，才会开出花。

骆驼在棕榈树下面缓缓前行。它们满载着靛青和贵重的财宝。这些东西是这个国家的君主送给一个人的礼物——这个人给人民带来欢乐，给国家带来荣誉。嫉妒和毁谤逼得他不得不逃离这个国家，直到现在，他的价值才被人们发现。这个骆驼队马上要到达他避乱的小镇。人们抬着一具可怜的尸体走出城门，骆驼队停了下来。这个死人正是他们所要寻找的那个人——菲尔多西：光荣的荆棘路在这儿告一段落！

在葡萄牙王宫的大理石台阶上，有一个圆脸、厚嘴唇、黑头发的非洲黑人在向人行乞。他是卡蒙斯忠诚的奴仆。他去行乞得到很多铜板，这样他的主人——叙事诗《卢济塔尼亚人之歌》的作者——才不至于饿死。

如今，一座奢华的纪念碑矗立在卡蒙斯的墓前。

还有另一个画面！

一个人站在铁栏杆后面他脸色苍白，长着又长又乱的胡须。

他说：“我发明了一件东西，它是很久以来都不曾被人创造的新事物，但是我却被人们关在这里二十多年！”

“他是谁呢？”

“一个不正常的人！”疯人院的管理者说，“这些不正常的人有很多怪诞的想法，他居然认为蒸汽可以推动东西！”

这个人是萨洛蒙·德·高斯，因为红夜主教黎塞留无法理解他的先见之言，而被投入疯人院里死去。

所以哥伦布出现了。他常常被路上的野孩子嘲笑，因为他想发现一个新世界，而且他真的发现了。愉快的钟声迎接着他的凯旋，而妒忌的钟声敲得更响亮。这个新大陆的发现者，这个美洲黄金土地的打捞者，这个把一切给了他的国王的贡献者，最后得到的却是一条铁链。他希望这条链子被放进他的棺材，这样世人就可以看到那个时代对他的评价。

画面一个接着一个地出现，光荣的荆棘路真是很漫长。

坐在暗处的他，要测出月球上山岳有多高。他探索恒星与行星之间的太空，他懂得自然界的法则，他感受得到地球的转动。这个人名叫伽利略。年迈的他，坐在那儿，失明又失聪，饱受着尖锐的苦痛和世间的蔑视。他甚至没有力量提起他的双脚，但当人们质疑真理的时候，他曾挣脱灵魂的苦痛，在地上跺着双脚，高喊道：“但是地球的确在转动呀！”

一个女子出现在这儿，她有一颗孩子般的心，但这颗心充满了热情和信念。在战斗队伍的前面她曾高举着旗帜；她曾带给祖国胜利和解放。一片狂乐的声音响起，于是柴堆被点燃：人们在烧死一个巫婆——贞德。没错，在接下来的世纪里人们看不起这朵纯洁的百合花，但智慧的鬼才伏尔泰却歌颂圣女贞德。

在维堡郡，丹麦的贵族正在烧毁国王的法律。火焰升腾，照亮了这个立法者和他的时代，同时给那个漆黑的牢房带去一点彩霞。一头白发的他，腰也直不起来了；他坐在那儿，用手指在石桌上刻出许多线条。他曾是三个王国的统治者，曾是一位受人尊敬的国王；他是农民和市民的朋友。他是克里斯普蒂安二世。他是鲁莽时代的一个有个性的鲁莽人。他的历史被敌人记下。我们一方面要记住他犯下的残忍错误，一方面也不要忘记：他被关押了二十七年。

一艘船从丹麦驶出。船上一个倚着桅杆站着的人，向汶岛投出最后的一瞥。他就是第谷·布拉赫。丹麦的名字被他提升到星空，但他所得到的却是嘲笑和伤害。此刻，他即将离开祖国。他说："到处都有天，我还要求什么别的东西呢？"他离开了——我们这位最有声望的人在国外得到了尊荣和自由。

"啊，解脱！只愿我身体中难以承受的痛苦能够得到解脱！"这个声音我们在几个世纪以前就听到了。这是一个什么画面呢？这是丹麦的普罗米修斯——格里芬菲尔德，被铁链锁在蒙克荷尔姆石岛上。

我们现在来到美洲一条大河的旁边。很多人聚在一起，据说有一艘船能在恶劣天气中逆风航行，因为它本身具有抗击风雨的力量。罗伯特·富尔顿相信这件事可以完成。他的船开始行驶，忽然船停了下来。观众大声地笑着，并且还发出阵阵嘘声——连他的父亲也"嘘"起来：

"狂妄自大！不明事理！他现在得到报应了！赶紧把这个疯子关起来！"

刚才机器不能动是因为一根小钉子摇断了。轮子重新转动起来，船在轮翼的推进下向前开行！世界各国间的距离被蒸汽机的杠杆从小时缩短成为分秒。

人类啊，当你们的灵魂理解了自己的使命以后，你能体会到在这清醒的刹那中所感到的幸福吗？在这刹那中，你在光荣的荆棘路上所受到的一切伤害——即使是你自己所造成的——也会痊愈，恢复健康、强壮和开心；噪声变成谐声；人们能够在一个人身上所看到的上帝的仁慈可以通过过个人普及至大众。

光荣的荆棘路如同环绕着地球的一条璀璨的光带。在这条光带上行走的人都是幸运的，他们被指定成为建筑那座连接上帝与人间的桥梁的总工程师。

历史挥动着它强大的翅膀，飞过很多世纪，并且在光荣的荆棘路这个黑暗的背景上，映出许多明朗的画面，来鼓舞我们，安慰我们，使我们的内心积极向上。这条与传说不同的光荣的荆棘路，在人间没有闪耀和美好的终点，但是它能超越时空，走向永恒。

沙丘的故事

这是尤兰岛许多沙丘上的一个故事，不过故事并不是从那里开始的。它发生在遥远的、南方的西班牙。海是国与国之间的通路，请你想象已经到了西班牙吧！那里的气候温和，景色优美，火红的石榴花在浓密的月桂树之间绽放着。一股凉风从山上袭来，吹到橙子园里，吹到摩尔人的那座有金色圆顶和彩色墙壁的华丽的大殿上。街道上，游行的孩子们举着蜡烛和飘荡的旗帜；明亮的星星闪烁在他们头上那一片高阔的青天。歌声和响板声升腾着。盛开的槐树下，年轻的男女正在跳舞；而在雕花的大理石上，乞丐吃着甜甜的西瓜，然后在昏睡中将时间打发过去。这一切仿佛一个美丽的梦！时间就是这样流逝了……没错，一对新婚夫妇就是这样。此外，他们享受着世间一切美好的东西：健康、好心情、财富和尊荣。

"我们是最开心的了！"他们的内心深处这样认为着。但是他们可以比此刻再幸福一些，这是完全有可能的，只要他们拥有一个在精神和外貌上很像他们的孩子。

他们将怀着无比喜悦的心情来迎接这个幸福的孩子，给予他最大的关怀和爱，他将享受到一个有财富、有声望的家族所能供给的一切好处。

时间一天又一天地流逝着。

"生活就像一个充满了爱、大得无法想象的礼物！"年轻的妻子说，"美满的幸福只有在死后的生活中才能不断地发展！我无法弄懂这种思想。"

“不用怀疑，这也是人类的一种自大的表现！”丈夫说，“有人认为人可以像上帝那样永远活着，这种思想，归根结底，是一种狂妄的表现。这也就是那条蛇——谎骗的祖宗——说的话！”

“你不会怀疑死后的生活吗?”年轻的妻子说。看样子，似乎在她充满亮光的思想领域中，现在第一次飘来了一个阴影。

“牧师们说过，死后的生活只有信心能保证！”年轻人回答说，“现在我们已经很幸福，我觉得如果我们还要求在死后的生活得到永恒的幸福，那么我们实在是太狂妄了。此生我们已得到了很多东西，对于此生我们应当感到满意。”

“没错，我们拥有很多东西，”年轻的妻子说，“不过对于很多的人来说，此生就是一个艰苦的考验。贫穷、羞辱、不幸和疾病，不就是专门为了来到这个世界的一些人准备的吗？不，如果此生以后没有了生活，那么世界上的一切东西就分配得很不均衡，上天也就不再公正了。”

“每个人对快乐的定义不同，街上的那个乞丐所体会的快乐，并不亚于住在宏伟美丽的皇宫里的国王，”年轻的丈夫说，“那劳苦的牲口每天挨打挨饿，一直累到死，它不能感觉到自己生命的痛苦。它不会要求一个未来的生活，也不会抱怨上帝的不公，没有把它列入高等动物。”

“据说天国里有很多房间，”年轻的妻子说，“天国漫无边际，上帝的爱也是漫无边际的！哑巴动物也是一种生物呀！我坚信，任何生命都不会被忘记：每个生命都会得到自己可以感受的、属于自己的那一份幸福。”

“我想，我对给予我很多东西的这个世界是满意的！”丈夫说。于是他伸出双臂拥抱他漂亮温柔的妻子。他在阳台上抽了一支香烟。这里清凉的空气中充满了石竹花和橙子的香味。星星在空中闪烁着，音乐声和响板声从街上飘来。他的妻子那充满了爱意的眼睛在凝视着他，那对眼睛里闪烁着一种不灭的爱情之光。

“这样的一瞬间，”他微笑着说，“让生命的出世、生命的享受和它的灭亡都有价值。”妻子抬起手，做出一个亲切的责备的姿势。那个阴影消失了——他们真的太幸福了。

似乎一切都是为他们安排的，他们能享受健康、荣誉、幸福和快乐。后来生活有了一点改变，但这只是地点的改变而已，他们依旧享受着生活的快乐和幸福。国王派年轻人到俄罗斯的宫廷去当大使。这是一个很棒的职位，与他的出身和学问是相称的。他有巨额财富，他的妻子是一个富有商人的女儿，她带来与他同样多的财富。巧合的是就在这一年，这个商人有一艘最大最美的船要开到斯德哥尔摩去，这条船将会把这对相爱的年轻夫妇送到圣彼得堡去。船上铺着柔软的地毯，四周布置着丝织物和奢侈品，看上去相当华丽。

每个丹麦人都会唱《英国的王子》，那是一支很古老的战歌。王子也是乘着一艘华丽的船：它的锚镶着赤金，每根缆索里夹着生丝。当你看到这艘从西班牙开出的船时，你一定会想到那艘船，因为它们都是华丽而又充满了别离的情绪：

愿上帝祝福我们在快乐中团聚。

从西班牙的海岸吹来轻快的顺风，别离只是短暂的，因为几个星期以后，他们就会到达目的地。但当船行驶到海面上时，风停了。海面上没有一点波浪，海水在平静地发出亮光，同时发光的还有天上的星星。每天晚上，华贵的船舱里都充满着欢声笑语。

后来，旅人们开始盼望有一股清凉的顺风吹来，但是风并没有吹来。当风终于吹起来时，它却不是顺风，而是逆风。一个星期又一个星期，甚至两个月都过去了。终于，好风算是吹起来了，不过，它是从西南方吹来的。他们的船航行在苏格兰和尤兰之间。正如《英国的王子》这支歌所唱出的一样，风越吹越大：

它吹起一阵暴风雨，浓云布满天空，

陆地和隐蔽处所都不见踪影，
于是他们不得不抛出他们的锚，
但是风向西吹，直吹到丹麦的海岸。

从此以后，过了很长时间，国王克里斯蒂安七世坐上了丹麦的皇位，那时他还很年轻。从那时起，发生了许多事情，有许多东西被改变，或者已经改变过了。大海和沼地变成了辽阔的草原，荒地变成了良田。苹果树和玫瑰花生长在西尤兰的那些茅屋下。为了躲避尖厉的西风，它们都藏起来了，所以你得仔细地看才能发现它们。

在这个地方，人们很可能以为回到了比克里斯蒂安七世统治的时代还要久远的远古时代。现在的尤兰仍旧和那时一样，它深黄色的荒地，它的古冢，它的海市蜃楼和它的那些多沙的、起伏不平的道路，延伸到天际。在西边，许多河流汇入海湾，扩展成为褶地和草原。环绕着它们的一片沙丘，像连绵起伏的群山，耸立在海的周围，切断它们的是那些黏土形成的高高的海岸线。汹涌的浪涛每年都会拍打这里，使得那些悬崖绝壁下塌，仿佛被摇撼过似的。它现在是这样；在很多年以前，当那对相爱的年轻夫妇乘着华丽的船在它沿岸航行的时候，它也是这样。

那是九月的最后一天，一个星期天，一个阳光明媚的一天。教堂的钟声，仿佛一连串音乐，飘向尼松湾沿岸。在这儿，所有的教堂尤如整齐的巨石，而每一个教堂就是一个石块。倘若西海滚过它们上面，它们会屹立不动的。这里的大多数教堂都没有尖塔；钟总是悬在空中的两根横木之间。做完礼拜以后，信徒们便会从上帝的屋子走出，来到教堂的墓地。那时，同现在是一样的，一棵树，一个灌木丛也没有。这儿看不到一朵花；坟墓上也看不到花圈。粗陋的土丘说明此处是埋葬死人的地方：整个墓地上只能看见被风吹得东倒西歪的荒草。在这儿，偶尔会有一个纪念物从墓里露出来：那是一块半朽的木头，它曾经被做成一个与棺材相仿的东西。这块木头来自西部的森林——大海。大海为沿岸的这些居民生长出大梁和板子，把它们像柴火一样漂到岸边；这些木块会很快被风和浪涛腐蚀掉。在一个小孩子的墓上就能看见这样的一个木块。有一位从教堂里走出来女人向它走去。她一动不动地站在那儿，呆呆地望着这块半朽的木块。不一会儿，她的丈夫也来了。他们没有说一句话。他挽着她的手离开了墓地，一同走过那深黄色的荒地，走过沼地，走过那些沙丘。他们默默无语地走了很长时间。

“今天牧师的讲道很棒，”丈夫说，“如果我们没有上帝，我们就什么也没有了。”

“没错，”妻子说，“他让我们愉快，也让我们伤心，而他是有权给我们的！明天就是我们亲爱的孩子五周岁的生日了——如果上帝不让他离开我们的话。”

“不要这么难过，那只会带来坏处。”丈夫说，“我们亲爱的孩子现在一切都好！他此刻所在的地方，正是我们希望去的地方。”

他们继续向前走，没有再说话，最后回到了他们在沙丘之间的屋子里。突然，在一个没有海水挡住的流沙地带的上空，升起一股浓烟。这阵吹进沙丘的狂风把许多细沙卷向空中。接着又刮起的另一阵风使挂在绳子上的鱼乱打着屋子的墙。于是，一切恢复沉寂，太阳射出炽热的光。

走进屋子的丈夫和妻子，立刻换上平常穿的衣服，然后他们就急忙走向那个沙丘。这些沙丘如同恢复平静的浪涛。白沙被海草淡蓝色的梗子和沙草染成各种颜色。许多船只被几个邻居拖到沙上更高的地方。狂风怒号，天气冷得刺骨。当他们返回沙丘之间时，沙子和小尖石子迎面打来。白色的泡沫被波涛卷起，而浪头却被风截断，使四周飞溅着泡沫。

黑夜来临了，空中飘荡着一种时刻加强的呼啸。它怒号着，哀鸣着，犹如一群失望的精灵要湮没一切浪涛的声音——虽然渔人的茅屋就紧贴在近旁。沙子敲打在玻璃窗上。有时，一股暴风袭来，整个房子也被撼动了。天是黑的，但是到半夜的时候，月亮就会升起来。

天空没有云雾，然而风暴仍然来势凶猛，横扫着这深沉的大海。渔人们起得很早，但在这样的天气里，想睡个好觉是不可能的。不一会儿，有人在敲他们家的窗子。门打开了，只见一个人说：

“在最远的那个沙滩上有一条大船搁浅了！”

渔人们马上跳下床来，穿好衣服。

月亮已经挂在空中。只要他们在风沙中能睁开眼，月光亮得足以让人看见东西。这风吹得真猛烈，简直可以把人们托起来。人们在阵风的间歇费了很大的气力才爬过那些沙丘。在大海的上空飞舞着犹如羽毛的浪花，而大海如喧闹的瀑布般的波涛冲击着海滩。只有富有经验的人才能看见海面上的那只漂亮的二桅船。它被巨浪颠出了平时航道的半海里以外，被送到一个沙滩上。它在向陆地行驶时撞到了第二个沙滩，不能再行驶，它是不可能被救的了。凶猛的海水，冲击着船身，拍打着甲板。船上的人似乎在痛苦地叫着，大声地呼喊着。人们可以看到船员们的忙碌根本无济于事。这时，有一股巨浪袭来，它给了这艘船毁灭性的一击，接着它断成两截，于是船尾高高地翘在水上。有两个人同时跳进海里，不见了踪影——这仅仅是一眨眼的工夫。一股波涛向沙丘滚来，把一具尸体带到岸上。这是一个女人，看样子她已经死了；但是有几个妇女帮她翻身时觉得她还有呼吸，因此她们把她抬过沙丘，带到一个渔人的屋子里。她是那么漂亮啊！她一定是一个谈吐高雅的妇人。

人们把她放在一张连一寸被单都没有的简陋的床上，但有一条毛毯足够裹着她的身躯。这已经很暖和了。

虽然她在发热，但是生命又回到她身上来了。她并不知道发生了些什么，也不知道这是哪里。其实这样倒也很好，因为大海埋葬了她所喜爱的东西。正如《英国的王子》中的那支歌一样。这艘船也是：

这情景真使人感到悲哀，
这艘船全部都成了碎片。

岸上漂来船的某些残骸和碎片；她算是它们中间唯一的生物。岸上，风依旧在呼啸。她休息了几分钟之后就开始痛苦地喊起来。她睁开一对美丽的眼睛，说了些什么，但是没有人听懂。

作为她所受的苦难的报偿，现在她的怀里抱着一个新生的婴儿，他本应该在华丽的公馆里，睡在绸帐子围着的美丽的床上。他应该得到欢乐，得到拥有世界上一切美好事物的生活。但是上帝却让他出生在一个卑微的角落，他甚至没有得到母亲的一吻。

这个孩子被放到母亲的怀里，他躺在已经没有了呼吸的母亲的怀里。这个孩子是不幸的，他将过贫穷和苦难的日子，因为他来到了这个被海水冲刷着的、处于沙丘之间的人世。

此刻，我们不禁想起那支古老的歌：

王子的脸上滚滚地流着眼泪，
我来了波乌堡，愿上帝保佑！
但此刻我来得恰好不是时候；
假如我来到布格老爷的领地，
我就不会为男子或骑士所欺。

船是在尼松湾南边，在布格老爷曾经宣称为自己的领地的那个滩上搁浅的。据说，遇难船上的人常常被沿岸的居民欺负，但是这样苦难的日子早已经过去了。现在遭难的人能够得到温暖、同情和帮助，这种高尚的行为也应发生在我们的这个时代。这对遭遇不幸的母子，无论“风把他们吹到哪里”，他们总会得到保护和救助的。但是，他们在这个渔妇家里所得到的热诚照顾是在任何地方都得不到的。昨天，这个渔妇还很悲痛地站在埋葬着她儿子的墓旁。如果上帝不带走这个孩子，那么现在他就应该五周岁了。

没有人知道这位死去的少妇是谁，或是来自哪里。从那只破船的残骸和碎片上根本找不到一点儿线索。

西班牙的那个富贵之家，一直没有收到关于他们女儿和女婿的消息。过去几星期一直刮着猛烈的风暴，他们并没有到达目的地。好几个月过去了，大家才获得一点消息："沉入海里，全部遇难"。

但是在胡斯埠的沙丘旁边的那个渔人的茅屋里，他们再次有了一个幼小的男孩。

当上天只提供了两个人的食物的时候，第三个人也可以吃到一点。大海供给饥饿的人吃的鱼并不是只有一碗。这个孩子被称呼为：雨尔根。

"他的父母肯定是犹太人，"人们说，"因为他长得很黑。"

牧师说："他可能是一个西班牙人或意大利人！"

但是对于那个渔妇来说，这三个民族没什么不同。有件事足够使她高兴，那就是这个孩子能受到基督教的洗礼。孩子成长得很好。他的体内流着温暖的贵族的血液，家常食物使他长得很强壮。在这个卑微的茅屋里，他长得很快。他的语言是西岸的人所讲的丹麦方言。西班牙土地上一棵石榴树的种子，成了西尤兰海岸的一棵耐寒的植物。一个人的命运也会这样！他整个生命的根深深地扎在这个家里。他将体验到饥寒交迫，体验到那些卑微的人的痛苦，但是他也会体验到穷人们的快乐。

任何人的童年时代都有快乐的一面，这个快乐的记忆会在生活中永远散发光芒。他的童年里充满了非常多的快乐和玩耍。数英里长的海岸上有很多可以玩耍的东西。卵石拼成的图案像珊瑚一样红，像琥珀一样黄，像鸟蛋一样白，光彩夺目，由海水送来，又被海水磨光。还有漂白了的鱼骨，风干了的水生植物，白色的、发光的、在石头之间飘动着的、犹如布条的海草——这一切都使眼睛和心神得到愉悦。这个孩子身上潜在的聪明才智，现在都活跃起来。他能记住很多故事和诗歌。他的双手也很灵巧：他把石子和贝壳拼成整个图画，然后用它们来装饰房间。他的养母说，尽管他的年纪很小，但是他可以把他的思想神奇地刻绘在一根木棍上。他的声音悦耳动听，他能唱出许多不同的歌调。他的心里有许多琴弦：如果他不是生在北海旁一个渔人家，而是在别的地方的话，这些歌调可能传诵整个世界。

有一天，另外一条船在这儿被摧毁。一个装着许多稀有的花根的匣子漂到岸上来。有人以为这是可以吃的东西，便取出几根放在菜罐里；沙上散落着的另外一些枯萎了。它们没有完成使命，没有绽放出潜藏在它们身上的美丽的色彩。这会是雨尔根的命运吗？花根很快结束了它们的生命，但是雨尔根的生命只是个开始。

他和他的一些朋友从不担心生活会孤独和单调，因为他们有很多要玩的东西、要听的东西和要看的东西。大海犹如一本教科书。它每天都翻开新的一页：时而平静，时而涨潮，时而清凉，时而狂暴，它的顶点是摧毁船只。做礼拜是愉快来访的场合。但是，在渔人家里，有一种来访特别受欢迎。这种来访每年两次，那就是雨尔根养母的弟弟的来访。他是一个养鳝鱼的人，住在波乌堡附近的菲亚尔特令。他来时总是坐着一辆由两匹马拉着的、刷了红漆的车子，里面装着鳝鱼。车子像一只箱子似地被锁得很紧；上面绘满了白色和蓝色的花朵。那两匹马是暗褐色的。雨尔根有权赶着它们。

这个养鳝鱼的人是一个搞笑的人物，一个快乐的客人。他总会带来一点儿烧酒。每个人都可以喝一酒杯，如果酒杯不够的话，可以喝到一茶杯。虽然雨尔根年纪小，但也能喝一丁点儿，主要是为了帮助消化那肥美的鳝鱼——这个养鳝鱼的人很喜欢讲这套理论。当听的人哈哈大笑时，他会立即再重新说一遍，这是喜欢闲扯的人的做法。雨尔根长大了以后，经常引用这个养鳝鱼人的许多句子和说法。让我们来听一听：

湖里的鳝鱼女儿走出家门。她们请求鳝鱼妈妈允许它们跑到离岸不远的地方去，所以妈妈对她们说：“不要跑得太远！那个邪恶的叉鳝鱼的人可能来了，他会把你们统统都捉去！”但是她们忘记了妈妈的嘱咐。在八个女儿之中，回到鳝鱼妈妈身边的只有三个。她们哭着说："我们刚走出不远，那个邪恶的叉鳝鱼的人就来了，他刺死了我们的五个姐妹！"……"她们还会回来的。"鳝鱼妈妈说。"不可能的！"女儿们说，"因为他剥了她们的皮，把她们切成两半，烤熟了。"……"她们还会回来的！"鳝鱼妈妈说。"绝不可能的，因为他吃掉了她们。"……"她们还会回来的！"鳝鱼妈妈说。"但是，他吃了她们以后还喝了烧酒。"女儿们说。"哦！不！那么她们永远不会回来了！"鳝鱼妈妈号叫着，"烧酒把她们埋葬掉了！"

"所以吃了鳝鱼以后喝几口烧酒是对的！"这个养鳝鱼的人说。

这个故事闪着一条光辉的线，贯穿着雨尔根整个的一生。他也想走出家门，"到海上去走一下"，也就是说，他得乘船去看看外面的世界。他的养母，像鳝鱼妈妈一样，曾经说过："坏人很多，全是叉鳝鱼的人！"但是他终究会离开沙丘去内地走走，而他也就走了。这四天愉快的日子算是他儿时最快乐的日子。在这几天里，他看到了整个尤兰的美、内地的快乐和阳光。他要去参加一个出丧的宴会。

一个住在内地，"向东，略为偏北"的富有的渔家亲戚去世了。雨尔根要跟着养父母到那儿去。他们从沙丘走过荒地和沼泽地，来到美丽的草原。这里流淌的斯加龙河里有许多鳝鱼、鳝鱼妈妈和那些被坏人捉去、砍成几段的女儿。不过人类对自己同胞的行为并不见得比这好。那只古老的歌中所提到的布格爵士就是被坏人害死的。而他自己，虽然人们总说他好，其实他想杀掉那位为他建造有厚墙和尖塔的城堡的建筑师。现在，雨尔根和他的养父母就站在这里，站在斯加龙河流向尼松湾。

护堤墙依然存在，崩颓的红色的碎砖散在四周。就在这里，在建筑师离去以后，骑士布格对他的一个下人说："赶快追上他，告诉他那个塔有点歪。如果他回头，你就杀掉他，拿回我付给他的钱。但是，如果他不回头，那么就放他走吧。"这个人听从了他的指示。那位建筑师回答说：

“塔没有歪呀，但是有一天一座穿蓝大衣的人会从西方来，他会叫这个塔倾斜!”很多年以后，这个预言得到应验，西海打进来，塔就倒了。那时堡寨的主人是卜里边·古尔登斯卡纳。他在草原的尽头建立起一个更高的城堡。现在它仍然存在，它就是北佛斯堡。

雨尔根和他的养父母走过这座城堡。在漫长的冬夜里，他听人们讲过这个故事。现在他目睹了这座城堡、它的双道堑壕、树和灌木林。堑壕长满了风尾草的城墙。最好是那些长到屋顶那样高，同时在空气中散发出一种清香的菩提树。在花园西北角的一个开满了花的大灌木林，犹如夏绿中的一片冬雪。雨尔根还是第一次看到这样的一个接骨木树林。他会永远记得它和那些菩提树、丹麦的美和香，它们将被“保存”在灵魂的深处。

当他们走到那开满了接骨木树花的北佛斯堡时，路变得很好走。他们碰到许多去参加葬礼的人，于是雨尔根和他的养父养母坐上了他们的牛车。虽然他们只坐在后面的一个钉有铁皮的小车厢里，但这要比步行好得多。在那崎岖不平的荒地上他们继续前进。拉车的那几头公牛在长有青草的地方总要停一下。太阳温暖地照着大地。远处升起一股烟雾，看起来像在荒地上跳滚着的光线，它比空气还要清，而且是透明的。

“那就是赶着羊群的洛奇。”人们说。这话使雨尔根觉得，虽然一切是现实的，但他现在正在走向一个神话的国度。这儿是那么寂静!

荒地如同一张珍贵的地毯向四周延伸。石楠开满了花，深绿的杜松和细嫩的小槲树像地上长出来的花束。如果这里没有毒蛇，那么倒是可以在这块地方玩耍一番。可是这些毒蛇常被旅客们提到，同时也谈到为什么这个地方仍叫作“多狼地带”。赶牛的老头说，在他父亲没有去世之前，马儿常常要跟野兽恶战。当然，这些野兽现在已经不存在了。他还说，有一天早晨他目睹了他的马踩着一只被它打死了的狼，但是狼也撕掉了这匹马腿上的肉。

他们很快结束了在崎岖的荒地和沙子上的旅行，屋里屋外挤满了客人，他们在停尸所前面停下来。车子并排列着，马和牛在贫瘠的草场上啃草。耸立在屋子后面的巨大的沙丘，像在西海滨的故乡一样，向四周延绵地展开。风把它们吹到这块伸进内地几十里路远，又宽又高，像海岸一样空旷的地方。它们的到来产生了一段历史。

大家唱着赞美诗。在雨尔根看来，除了几个老年人在流着眼泪以外，大家倒是很开心的，酒菜也很丰盛。人们吃完又肥又鲜的鳝鱼总要再喝几口烧酒，正像那个养鳝鱼的人说的一样，“把它们埋葬掉”。在这儿他的名言无疑成了事实。

雨尔根一会儿待在屋里，一会儿跑到外面去，熟悉着这里的一切。到了第三天，他觉得这里就好像是他度过童年的、沙丘上那座渔人的屋子。这片荒地上有很丰富的东西。石楠花、黑莓和覆盆子，它们又大又甜；一旦被行人踩到，它们红色的汁液就像雨点似地朝下滴。

这里有很多古坟。一根一根的烟柱升向沉寂的天空，人们说那是荒地的野花。它会在黑夜里放出奇异的光彩。

到了第四天，入葬的宴会结束了。他们要从这里返回到沙丘地带。

“这里的土丘没有气魄，还是我们的地方最好，”雨尔根的养父说。

于是，他们就谈起沙丘是怎样形成的。听上去事情并不难理解。农人们把出现在海岸上的一具尸体埋在教堂的墓地里面。于是，沙子开始飞起来，海开始疯狂地打进内地。有一个聪明人叫大家赶快把坟挖开，看看埋在里面的人是否躺着舔自己的拇指。如果他在舔，那么他就是一个“海人”。海在没有收回他以前，是决不会安静的。所以，人们挖开了这座坟，那个人躺在里面正舔着他的拇指。人们立刻把他放到牛车里，拉车的那两头牛像被针扎似的，拉着这个“海人”，飞快地越过荒地和沼泽地，一直向大海奔去。这时，沙子停止了飞舞，可是沙丘仍停在原地没有动。雨尔根把这些在他儿时最快乐的日子里、在一个入葬的宴会期间所听来的故事全都“保存”在记忆中。

走出家门，去到新的地方，看到新的人，这全都是愉快的事情！他要走得更远。他只是一个孩子，还不到十四岁。他乘着一艘船出去看这个世界所能给他看的东西。他遭遇过恶劣的天气、阴沉的海、人间的丑恶和硬心肠的人。他是船上的一个侍役，他得忍受劣质的伙食和寒冷的夜晚以及拳打脚踢。这时，他高贵的西班牙血统里有某种东西在沸腾着，毒辣的字眼爬到他的嘴边，但是他只能把这些字眼吞下去。这很像被剥了皮、切成片、放在锅里炒的鳝鱼。

“我要回去了!”他身体里有一个声音说。

他看到了西班牙的海岸，那是他父母的祖国；他甚至还看到了他们曾经在幸福和快乐中生活过的那个城市。不过他并不知道他的故乡和族人，而他的族人同样不知道关于他的事情。

起初，这个可怜的小侍役并没有被允许上岸。但在他们停泊的最后一天，因为有人买了很多东西，他得去拿到船上来，所以他被允许可以上岸。

雨尔根穿着像在沟里洗过、在烟囱上晒干的破烂的衣服。住在沙丘里的他算是第一次看到了大城市——高大的房子，狭窄的街道，拥挤的人群。人们挤来挤去，简直像是市民和农人、僧众和兵士所形成的一个大蜂窝，叫声和喊声、驴子和骡子的铃声、教堂的钟声混在一起；歌声和鼓声、砍柴声和敲打声，形成乱嘈嘈的一片。太阳炙烤着大地，空气是那么闷，人们似乎走进一个炉子里面挤满了吱吱嗡嗡的甲虫、金龟子、蜜蜂和苍蝇。雨尔根不知道自己在哪里，在走哪一条路。这时，一座威严的主教堂的大门出现在他的视线里。灯光在阴暗的教堂走廊上照着，一股香烟向他飘来。甚至最贫困的衣衫破烂的乞丐也爬上石级进入教堂。雨尔根跟着一个水手走进这神圣的屋子。彩色的画像射出光来。圣母抱着幼小的耶稣立在祭坛上，周围是一片灯光和鲜花。穿着节日衣服的牧师在唱圣诗，歌咏队穿着漂亮服装的孩子在挥着银香炉。这一片华丽和庄严的景象渗入雨尔根的灵魂，令他神往。他的养父母的教会和信心触动了他的灵魂，他被感动得眼泪光闪闪。

大家从教堂出来，来到市场上。人们要他把刚买的一些厨房用具和食品送回船上。到船上去的路有些远，他很疲倦，所以他放下背着的东西，在一幢有大理石圆柱、雕像和宽台阶的豪华房子前休息了一会儿。这时，有一个穿制服的仆人举起一根包着银头的手杖，把他撵走了。谁也不知道，他本来是这家的一个孙子，他自己当然更不知道。

他回到船上。在那里，他得忍受咒骂、鞭打、睡眠不足和沉重的工作。人们说，年轻时受些苦只有好处。没错，如果在老年能够得到一点幸福的话。

他的雇佣合同期满了。他回到了胡斯埠沙丘上的家里。但是，在他出海航行的时候，他的养母已经去世了。

接着严寒的冬天来临了。暴风雪肆虐在陆地和海上，使人甚至很难出门。世界上的事情被安排得很不公平，当这里正是刺骨的寒冷和暴风雪的时候，西班牙的天空上正照着炽热的太阳。但是在这里的家乡，一旦出现晴朗的下霜天，雨尔根就能看到从海上飞来大群的天鹅，它们越过尼松湾向北佛斯堡飞去。他觉得这儿的空气是最新鲜的，这儿的夏天将会很美丽！他在幻象中看到了石楠开花，结满了成熟香甜的果实；看到了北佛斯堡的接骨木树和菩提树上开满了花朵。他决定再去一次北佛斯堡。

转眼间，春天来了，雨尔根也参加了捕鱼的工作。在过去一年中，他已经变成了一个成年人，干起活来非常利索。他充满了生命力，他能游水，踩水，在水里自由翻腾。人们常常警告他，就是最能干的游泳家也不免被大群的青花鱼捉住，并被吃掉，因而就会失去生命。但这却不是雨尔根的命运。

雨尔根和沙丘上的邻居家里一个名叫莫尔登的男子非常要好。他们在同一条船上工作，他们会一同到挪威和荷兰去。他们两人从来没有吵过架，不过这种事也是难以避免的。因为如果一个人的脾气暴躁，他就很容易有过分的举动。有一天，雨尔根就做了这样的事情：他们两人在船上没有缘由地吵了起来。他们坐在一个仓口的后边，正在吃放在他们之间的一个土盘子里的食物。当着莫尔登的面，雨尔根举起一把小刀。这时，莫尔登的脸变得灰白，他的脸上显现出难看的神色。他只是说：

“嗨，你也是那种喜欢耍刀子的人啦!”

这句话还没有说完，雨尔根的手就垂了下来。他一言不发地继续吃饭，后来他走开了，去做他的工作。做完工作后，他来到莫尔登那里说：

“请你打我的耳光吧！这是我应受的惩罚。我的肚皮里像有一个沸腾的锅。”

“忘记这件事吧。”莫尔登说。于是他们的关系变得更好了。后来他们回到尤兰的沙丘之间，讲到他们的航海经历时经常提到这件事。

“他确实不是一个尤兰人！大家不能把他当作一个尤兰人!”莫尔登的这句话说得很幽默。

他们两人都年轻为壮，但雨尔根却更活泼一些。

在挪威，农人在高地上寻找放养他们牲畜的牧场。在尤兰西岸一带，人们在沙丘之间用破船的材料搭起茅屋，屋顶铺着草皮和石楠植物。屋子里睡觉的地方就在四周沿墙的地方。初春的时候，渔人也是在这儿生活。每个渔人都有一个“女助手”，她的工作是：在钩子上挂上鱼饵；当渔人回到岸上时，为他们准备热啤酒；当他们疲倦地回到茅屋时，给他们拿饭吃。此外，她们还要运鱼、剖鱼，以及做许多其他的工作。

雨尔根一家人以及其他几个渔人和“女助手”住在一间茅屋里，莫尔登则住在隔壁的一间屋子里。

“女助手”之中有一个姑娘叫爱尔茜。她和雨尔根从小就认识，而且交情很好，并且在各方面性格都很相像。不过，他的皮肤是棕色的，而她的皮肤则是雪白的；她的头发是亚麻色的，她的眼睛蓝得像太阳光里的海水。也就是说，从外貌上看，他们并不相像。

有一天，他们在一起散步，雨尔根紧紧地、热烈地握着她的手。她对他说：

“雨尔根，请让我做你的‘女助手’吧，因为你简直像我的一个弟兄。莫尔登和我订过婚，他和我只是爱人。但是这话不值得对别人讲!”

雨尔根觉得他脚下的一堆沙似乎在向下沉。他什么也没说，别的话都没必要说了。不过，他忽然有点儿瞧不起莫尔登了。他认为莫尔登偷走了他唯一心爱的人。现在，他懂得了，他爱着爱尔茜。

海上掀起一股不大不小的波浪，渔人们克服重重暗礁的技术，很值得一看：大家紧握着桨坐着，集中精力看着一个笔直立在船头的人。他们在礁石的外面朝着海倒划，直到船头上的那个人做出一个手势，预告有一股巨浪到来为止。浪就会托起船，使它越过暗礁。船升得很高，连岸上的人都可以看得见船身；接着整个船就在海浪后面不见了，似乎海吞噬了船桅、船身以及船上的人。可是不一会儿，他们像一个庞大的海生动物，又爬到浪头上来了。桨在划动着，像是这动物的灵活肢体。于是他们像第一次一样，又越过第二道和第三道暗礁。这时，渔人们跳到水里，把船拖到岸边来。他们借助每一股浪把船向前推进一步，直到最后船被拖到岸上为止。

如果号令在暗礁前略有错误，哪怕稍有迟疑，船就会被撞碎。

“那么，我和莫尔登也就完了!”在来到海上的时候，雨尔根心中忽然有了这个想法。这时，他的养父在海上病得很重，全身烧得发抖。他们离开礁石只有数桨之远。雨尔根跳到船头上。

“爸爸，让我来吧!”他说。他看了一眼莫尔登和浪花。但是，当每一个人都在尽最大的气力划桨，当一股最大的浪向他们袭来的时候，他看到他的养父的面孔变得惨白，于是他心里那种不良的想法也就控制不住他了。船越过了暗礁，安全地到达了岸边，但是那种不良的想法仍然存留在他的血液里。自从他和莫尔登做朋友起，他就对他有一股怨气。现在这种不良的想法掀起了怨恨的纤维。但是他不能把这些纤维织到一起，所以也就只好让它去。他已经感觉到莫尔登毁掉了他，而这已足够使他憎恨。这一点被好几个渔人注意到，但是莫尔登并没有注意到。他太喜欢聊天了，所以他仍然像从前一样，喜欢帮助别人。

不久，雨尔根的养父去世了。现在，雨尔根成为这些沙丘后面那个小屋子的主人。虽然这是一个简陋的屋子，但是它仍旧有点儿价值，而莫尔登却连这点儿东西都没有。

“雨尔根，你不必再到海上去找工作了，你现在可以永远跟我们住在一起了。”一位年老的渔人说。

雨尔根没有这种想法，他还想看一看外面的世界。法尔特令的那位年老的养鳝鱼的人，他的舅父也是一个渔人，住在老斯卡根。不过他同时还是一个拥有一条船的富有商人。他是一个非常可爱的老头儿，帮他做事应该很好吧。老斯卡根位于尤兰的极北部，离胡斯埠的沙丘远得不能再远。但是这正是雨尔根所希望的，因为他不愿意看见莫尔登和爱尔茜结婚。

那个老渔人说，现在选择离开是一件傻事，因为现在雨尔根有了一个家，而且爱尔茜无疑是愿意和他结婚的。

雨尔根随口说了些什么，谁也不清楚他的话里的意思。不过，老头儿把爱尔茜带来看他。她只说了这一句话：

“你现在有了一个家，你应该认真考虑考虑。”

于是，雨尔根考虑了很久。

海里的浪涛很大，而人心里的浪涛却更大。坚强和脆弱的思想都集中出现在雨尔根的脑子里。他问爱尔茜：

“如果莫尔登也拥有一座屋子，你会怎样选择呢?”

“但是莫尔登没有一座屋子呀，并且也不会有。”

“我们假设他有一座屋子吧!”

“嗯，我当然会选择跟莫尔登结婚，因为这就是我现在的心情。但是人们不能只靠这个生活呀。”

一整夜雨尔根都在想这件事。他心里有一个他自己也说不出的道理来，但是他有一个比喜欢爱尔茜还要强烈的想法。因此，他去找莫尔登。他所说的和所做的事情都是经过深思熟虑的。他以最优惠的条件把他的屋子租给了莫尔登，他自己则到海上去找工作。爱尔茜在听到这件事情时，吻了雨尔根的嘴，因为她更爱莫尔登。

在他离开的前一晚，他想再去看一次莫尔登。在去看莫尔登的路上，他碰到了那个对他的远行颇不以为然的老渔人。老头儿说，“莫尔登的裤子里一定缝有一个鸭嘴”，因为所有的女孩子都爱他。雨尔根并没有在意这句话，只是说了声再会，就直奔莫尔登所住的那座茅屋。莫尔登并非一个人在家，雨尔根听到里面有人在大声讲话。雨尔根迟疑了一会儿，因为他不愿意再碰到爱尔茜。考虑了一番以后他转身走了，因为他觉得最好还是不要再听到莫尔登对他表达谢意。

第二天的大清早，他就捆好背包，拿着饭盒，沿着沙丘向海岸走去。这条路比那条沉重的沙路要好走得多，而且要短得多。他要先到波乌堡附近的法尔特令去，因为他曾答应那个养鳝鱼的人要去拜访他一次。

大海平静而蔚蓝，地上铺满了黑蚌壳和卵石，脚踩上去会发出声响。他继续向前走着，忽然，他的鼻孔里流出血，滴落在他的袖子上：这只是一件小事，但是小事可能有重大的意义。他把鼻子上的血擦掉，同时止住了血。于是他就觉得这点血流出来后，他的头脑通畅清醒多了。他折了一根长在沙子里的矢车菊的梗子，把它插在帽子上。他显得很快乐，因为他正前往广大的世界。“走出家门，到海上去走一下！”这是那些小鳝鱼的话。“小心坏人啦，他们叉住你们，剥掉你们的皮，把你们切成碎片，放在锅里炒！”他一再想起这几句话，同时笑起来。他觉得在这个世界里他决不会吃亏，因为勇气是一件很强的武器。

太阳已升得很高，他走到了尼松湾那个狭小的入口。他掉转头来，远远地看到两个人骑着马在匆忙地赶路，他们后面还跟着许多人。不过这与他无关。

雨尔根把停在海的另一边的渡船喊过来，之后他就走上去。不过他和船夫还没有渡过一半的时候，那些在后面赶路的人就大声喊起来。他们以法律的名义威胁着船夫，雨尔根不知道这是怎么回事。但是他知道最好的办法就是把船划回去。所以他拿起一只桨把船划回去，但是船一靠岸，这几个人就跳上来。在他还没有反应之前，他们已经用绳子把他的手绑住了。

“你得用命来抵偿你的罪恶，”他们说，“幸好我们抓住你了。”

他是一个杀人犯！这是他的罪名。人们发现莫尔登死了，他的脖子上插着一把刀。头一天深夜，有一个渔人遇见雨尔根，他看到他向莫尔登的屋子走去。大家知道，这并不是雨尔根第一次在莫尔登面前举起刀子。因此一定是他杀死了莫尔登，现在必须把他关起来。他将被关在灵克宾，到那儿的路很远，而西风又正在向一个相反的方向吹。不过渡过这道海湾用不了半个钟头就能到斯卡龙，从那儿到北佛斯堡，只有几里地的路程。这儿有一座高大的建筑物，外面有围墙和壕沟。船上有一个人是看守这幢房子的人的兄弟。这个人说，他们可以暂时把雨尔根囚禁在这幢房子的地窖里。吉卜赛人朗·玛加利被执行死刑之前一直被囚禁在这里。

人们不听雨尔根的辩白，他衬衫上的几滴血成了对他不利的证据。但是，雨尔根知道自己是无罪的。他认为既然现在没有机会来洗清自己的罪名，也就只好顺从天意了。

这一行人马上岸的地方，正是骑士布格的城堡所在的处所。雨尔根曾经和他的养父母在去参加入葬的宴会的途中从这儿经过，那是他儿时最快乐的四天。他现在又向北佛斯堡的那条老路走去。这儿的接骨木树又开花了，高大的菩提树散发出香气。他觉得他离开这个地方仿佛是发生在昨天。

在这幢坚固楼房的西厢，在高大的梯间下面，有一个很低的、拱形圆顶的地窖，有一条地道可以通到那里。朗·玛加利就是从这儿被牵到刑场接受处决的。她有一种错觉，认为如果她能吃掉七个小孩的心的话，她就可以隐身飞行。地窖的墙上没有玻璃，只有一个狭小的通风眼。盛开的菩提树无法把香气送进来安慰他；这里很阴暗的，充满了霉味。这个地窖里只有一个板子床，但是“清白的良心是温柔的枕头”，所以雨尔根睡得很好。

粗厚的木板门被锁上了，并且还被插上了铁插销。但是，迷信中的小鬼既能从一个钥匙孔钻进高楼大厦，也能钻进渔夫的茅屋，更能钻进这个地窖。此刻，雨尔根正在这儿坐着，思考着朗·玛加利和她的罪过。在被处决的头天晚上，这个房间里充满了她临终的思想。雨尔根心中记起，在古代，斯万魏得尔老爷住在这儿的时候，有人曾经使用过的那些魔法。大家都知道，每天早晨总有人发现吊桥上的看门狗被自己的链子吊在栏杆的外面。一想起这些事，雨尔根心里就变得冰冷。不过对于盛开的接骨木树和芬芳的菩提树的记忆，如同一丝阳光射进他的心里。

他在这儿没有待多久，就被人们移送到灵克宾。在那儿，被监禁的生活也是同样地艰苦。

那个时代跟我们的这个时代不同。平民的生活很辛苦。贵族们夺走农人的房子和村庄作为自己的新庄园，当时这是一种无法制止的行为。这种制度促使贵族的马车夫和仆人成为地方官。他们有权为一点小事而治一个穷人的罪，使他失去一切，戴上枷锁，遭受鞭打。现在还能找得到几位这类的法官呢。在离首都和开明的、善意的政府较远的尤兰，法律常常被人滥用。雨尔根的案子被拖下去了，这还算是不坏的呢。

什么时候才能结束呢？他没有犯罪而却受到迫害。他在监狱里是很凄凉的，这就是他的命运！为什么他在这个世界里该是这样呢？他现在有时间来思索这个问题了。他为什么会有这样的遭遇呢？“这只有在等待着我的那个‘来生’里才可以弄得清楚。”这个信念在他住在那个穷苦渔人的茅屋里时，就已在他的心里生了根。在西班牙的富足生活和阳光中，他的父亲的心里从来没有这个信念。而现在在寒冷和黑暗中，上帝的慈悲的一个标记，却成了他的一丝安慰之光，而这是永远不会欺人的。

春天的风暴开始了。只要风暴略微平静一点，在内地许多英里以外都可以听得到西海的呼啸。它仿佛几百辆载重车子，在起伏不平的路上奔驰。对于雨尔根来说，在监狱里听到种这声音也算是寂寞生活中的一点变化。什么古老的音乐都比不上这种声音，因为它可以直接引起他心里的共鸣。这个呼啸的、自由的海：在它上面你可以到世界各地去，乘风飞翔；带着你自己的房子，犹如蜗牛背着自己的壳一样，你可以再次走到它上面去。即使身处陌生的国家里，也会觉得像在自己的家乡。

听着这深沉的呼啸，他回忆起很多往事。“自由！自由！即使你没有鞋穿，即使你衣衫褴褛，拥有自由你就是幸福的！”这种思想有时在他的心里闪过，于是他就握着拳头向墙上打去。

几个星期，几个月，甚至一整年过去了。有一个名叫尼尔斯，别名为“马贩子”的小偷被抓进来了。这时，情况才开始好转。人们这才知道，雨尔根蒙受了很大的冤屈。

那桩杀人事件是在雨尔根离家之后发生的。在头一天的下午，莫尔登去了林却平湾附近一个农人开的啤酒屋里，那个小偷当时也在那儿。他们只喝了几杯酒，而这几杯酒并不会使的头脑发昏，但足够让莫尔登吹嘘。他说，他得到了一幢房子并打算结婚。当尼尔斯问他怎样能弄到钱的时候，莫尔登骄傲地拍了拍衣袋。

“这儿是应该放钱的地方。”他回答说。

他因这种吹嘘而丧生。他从啤酒屋出来时，尼尔斯就一直跟在他的后面，当他到家时，尼尔斯将一把刀子刺进他的咽喉，然后拿走了他身上所有的钱。

最后，这件事情总算是水落石出了。对我们来说，我们只需知道雨尔根获得了自由就够了。但是他在寒冷的监狱中受了整整一年的罪，并与所有的人断绝来往，他能得到怎样的补偿呢？没错，人们告诉他，被宣告无罪他已经是很幸运的了，他应该离开。市长给了他十马克作为旅费，许多市民给了他食物和啤酒。世界上还是有好人的，并不是所有人都会把你“叉住，剥皮，放在锅里炒！”但是，最幸运的莫过于斯卡根的一个商人布洛涅为了一桩生意来到了林克宾。是的，雨尔根一直想着去帮他工作。布洛涅听了整个的案情，并且知道雨尔根吃了很多苦头。他是一个好心人想帮雨尔根一点忙，让他知道世界上还有好人。

雨尔根觉得从监狱里走向自由，似乎走向了天国，走向同情和爱。生命的酒并非完全苦涩，没有一个好人会给他的同类倒出这么多的苦酒，更何况是代表“爱”的上帝呢？

“忘记过去的一切吧！”商人布洛涅说，“将过去的一年从记忆中抹掉吧，我们可以把日历烧掉。两天以后，我们将会到达那亲爱的、友善平和的斯卡根。虽然人们把它叫作一个偏僻的角落，但是它是一个把窗子开向广阔世界的、温暖的、有火炉的角落。”

这是一次真正意义上的旅行。雨尔根又呼吸到了新鲜的空气，他从那阴冷的地牢走向温暖的太阳光！盛开的石楠和无数的花朵生长在荒地上，牧羊的孩子坐在坟丘上吹着用羊腿骨雕成的短笛。他不仅看到了海市蜃楼，沙漠上美丽的天空幻象，悬空的花园和摇动的森林，还看到了空中奇异的气流，人们把它叫作“赶着羊群的湖人”。

他们走过温德尔人的土地，越过林姆湾，向斯卡根进发。留着长胡子的人就是从这儿迁移出去的。在那闹饥荒的岁月里，国王斯尼奥下令杀掉所有的小孩和老人。但是那个拥有宽广土地的贵族妇人甘巴鲁克却提议，让年轻人离开这个国家。雨尔根是一个见识广博的人，他知道这个故事。即使他没有到过阿尔卑斯山后隆巴第人的国度，但因为他在童年时曾经到过西班牙的南部，所以他起码也知道他们的模样。他记起了那里一堆堆的水果，鲜红的石榴花，蜂窝似的大城市里的嗡嗡声、叮当声和钟声等。然而那却是最好的地方，尽管雨尔根的家乡是丹麦。

最后，他们到达了“温德尔斯卡加”——斯卡根在古挪威和冰岛文字中的名称。那时，老斯卡根、微斯特埠和奥斯特埠在沙丘和耕地之间的路一直延伸到斯卡根湾的灯塔那儿。在被风吹到一起的沙丘之间零零落落地散布着房屋和田庄。风和沙子一起在沙漠上游戏，这是一块充满了海鸥、海燕和野天鹅刺耳的叫声的地方。“高地”或老斯卡根位于西南三十多里的地方，商人布洛涅就住在那儿，雨尔根也将要住在那儿。

在那能看见被涂上了柏油的大房子，用一个翻过来的船作为屋顶的小房子，用破船的碎片拼成的猪圈。因为没有什么东西可围，所以这里没有篱笆。不过绳子上挂着风干的鱼，它们被切开后排列成长串，挂得一层比一层高。这有非常多的鲱鱼，所以网一下到海里去就可以拖上来成堆的鱼。因为这种鱼实在太多了，渔人们不得不把它们扔回海里，或堆在那儿直到腐烂。

商人的家人和仆人，都兴高采烈地欢迎他回来。大伙相互握手，寒暄着，说着许多事情，而商人的女儿是那么可爱，她的眼睛很美丽。

商人的房子宽大而舒适。桌上摆出了许多盘连国王都认为是味美的比目鱼，还有斯卡根葡萄园产的酒。

商人的妻子和女儿知道雨尔根蒙受了冤枉，受过很多苦，所以她们以更和善的态度来接待他；而女儿——美丽的克拉娜——她的一双眼睛则是最和善的。在老斯卡根，雨尔根算是找到了一个幸福的家，这对于他的心灵是有好处的——他已经受过苦痛的考验，饮过能使心肠变硬或变软的爱情苦酒。雨尔根的一颗心还是软的——它还年轻，还有空闲。几星期以后，克拉娜要乘船去挪威的克里斯蒂安桑得拜访一位姑母，而且要在春天才能回来。大家都觉得这是一个很好的机会。

在她离开之前的一个星期天，大家都到教堂去参加圣餐礼。这座壮丽的教堂是苏格兰人和荷兰人在许多世纪以前建造的，与城市相距不太远。不过它有些倾颓，而且那条通向它的深深地陷在沙里的路非常难走。但是人们很愿意忍受痛苦，走到神的屋子里去，唱圣诗，听讲道。教堂的围墙周围堆积着沙子，但是人们还没有让教堂的坟墓被它湮没。

在这座位于林姆湾以北的最大的教堂里，祭坛上的圣母玛利亚，手中抱着年幼的耶稣，头上罩着一道金光，看起来很逼真。神圣的十二使徒像被刻在唱诗班所在的高坛上，壁上挂着斯卡根过去一些老市长和市政府委员们的肖像以及他们的图章。宣讲台上也雕着花。铜蜡烛台和圆屋顶下悬着的那个小船被阳光照耀着。

雨尔根体会到他是信徒中的一员，同时他觉得有一种神圣的、天真的感觉在笼罩着他的全身，跟他小时候站在一座华丽的西班牙教堂里一样。

讲道完毕以后是领圣餐的仪式，他和别人一道去领取面包和酒。他的心深深地想着上帝和这神圣的礼拜，所以他并未发觉自己跪在克拉娜小姐身边，只有当他站起来的时候，他才注意到他的旁边是什么人。他看到她的脸上滚下了眼泪。

两天以后她就动身到挪威去了。雨尔根在家里做些杂活或出去捕鱼，而且那时的鱼比现在要多得多。鱼在夜里发出的光，总是会暴露它们的行踪。鱼并不是像人那样地没有声音，它们会咆哮，也会哀鸣。雨尔根把心事闷在心里，比一般人要沉默。但有一天会爆发出来的。

每个礼拜天，当他坐在教堂里，望着祭坛上的圣母玛利亚像的时候，他的眼睛也会在克拉娜跪过的那块地方停留一会儿。于是，他想起了她是那么温柔。

带着冰雹和冰雪的秋天到来了。因为沙不能把水全部吸收进去，水漫到了斯卡根的街道上。人们不得不在水里走，甚至还得坐船。船只被风暴吹向那些危险的暗礁上撞坏；房子被飞沙掩盖，人们只有从烟囱里爬出来，但这是常有的事情。在屋子里可以感受舒适和愉快。泥炭和破船的木片烧得噼啪地响起来。商人布洛涅高声地朗读着一本，旧的编年史关于丹麦王子哈姆雷特怎样从英国到来，怎样在波乌堡登陆作战的。他的坟墓在拉姆，离那个养鳝鱼的人所住的地方不过只有几十英里路远。荒地上散布着数以百计的古代战士的坟墓，像一个宽广的教堂墓地。商人布洛涅曾亲自去过哈姆雷特的墓地。人们谈论着关于那远古的时代、邻居们、英格兰和苏格兰的事情。雨尔根唱着那支《英国的王子》，关于那条华丽的船和它的装备：

金叶贴满了船头和船尾，
上帝的教诲被写在船上。

这是船头画幅里的情景：

王子在拥抱着他的恋人。

雨尔根被这支歌感动着，他的乌黑的眼里射出亮光，而且特别明亮。

屋子里有人歌唱，有人读书，生活相当富裕，甚至家里的动物也过着同样的生活。白盘子在洋铁架上发着亮光；香肠、火腿和充足的冬天食物被挂在天花板上。这种情况，现在在尤兰西部海岸的很多富裕的田庄里还可以看得到：充足的食物、漂亮的房屋、聪明的幽默感。在我们这个时代，这一切都恢复了，仿佛在阿拉伯人的帐篷里，人们都很热情。

自从他儿时参加过那四天的入葬的宴会以后，雨尔根再也没有过过这样开心的日子。但是克拉娜却只有在思想和谈话中存在。

四月间，有一条船要开往挪威，雨尔根也需一同去。他的心情很好，精神也很愉快，所以布洛涅太太说，看到他一眼也是舒服的。

"看你一眼也是很愉快的，"那个老商人说，"雨尔根让冬天的夜晚变得活泼，也使得你变得活泼！今年你变得年轻了，显得更健康、更美丽。但是你早就是微堡的一个最美丽的姑娘呀，这个评价是很高的，因为我早就知道微堡的姑娘是世界上最美丽的人。"

雨尔根对这些话并没有表示意见，因为他心中在想着一位斯卡根的姑娘，他马上就会见到她了。船会在克里斯蒂安桑得港下锚，用不了半天的时间，顺风就会把他吹到那儿。

有一天早晨，商人布洛涅来到离老斯卡根很远的灯塔那里。信号火早已灭了，当他爬上塔的时候，太阳已经升得很高。沙滩伸到水里去有几十英里远，在它的外边，出现许多船只。他从望远镜里认出了他自己的船"加伦·布洛涅"号。没错，雨尔根和克拉娜都在船上，它正在开过来。在他们眼里，斯卡根教堂的塔楼和灯塔仿佛蓝色水面上浮着的一只苍鹭和一只天鹅。克拉娜坐在甲板上望着远处露出地面的沙丘。如果风向不变的话，她会在一点钟以内回到家。他们是这么接近家和快乐，但同时又是这么接近死亡和恐怖。

有一块木板松了，水在向船上涌。他们忙着堵漏洞和抽水，收下帆，同时升起了求救的信号旗。但是，他们离岸仍然有十多英里路程，而且可以看见的一些渔船，与它们相距很远。风向岸上吹，潮水对他们帮助很大；但是一切都已经来不及了，因为船在向下沉。雨尔根伸出他的右手抱着克拉娜。

他喊着上帝的名字和克拉娜一起跳进水里，克拉娜是用怎样的视线在注视着他啊！她大叫了一声，但是她觉得很安全，因为他不会让她下沉的。

在这危险的时刻，雨尔根深刻体会了那支古老的歌中的字句：

这是船头画幅里的情景：
王子在拥抱着他的恋人。

他的游泳技术很棒，这对此刻的他来说是很有用的。他用一只手和双脚划着水，用另一只手紧紧地抱着克拉娜。他浮在浪涛上，他踩着水，他运用他知道的一切技巧，希望能保持体力而游到岸边。克拉娜发出一声叹息，他觉着她身上起了一阵痉挛，于是他更牢牢地抱住她。海水拍打着他们，浪花托起他们，水是那么深，那么透明，转眼之间他似乎看见了一群青花鱼在下面发出闪光，这也许就是“海中怪兽”勒微亚丹，准备吞噬他们。乌云遮住了太阳，不一会儿阳光又射出来。成群惊叫着的鸟儿在他头上飞过去。在水上浮着的、昏睡的胖野鸭惊慌地在他面前突然起飞。在离岸还有好几锚链长的地方，他觉得他的气力在慢慢地减弱。这时，有一只船影驶近来救援他们。但是，他可以清楚地看见水底有一个白色的动物在注视着他们。当一股浪花掀起时，这个动物就更向他逼来。他感到一阵压力，于是他的周围变得漆黑，他看不到任何东西。

沙滩上有一条从海里漂来的破船，它的白色的“破浪神”倒在一个锚上，而锚的铁钩微微地露出水面。是的，雨尔根碰到了它，而浪涛更以加倍的力量推着他向它撞去。他昏了过去，跟克拉娜同时下沉。接着袭来第二股浪涛，又把他和克拉娜托了起来。

渔人们捞起他们，把他们抬到船里。雨尔根的脸上流着很多血，他好像是死了一样，但是他依旧紧紧地抱着克拉娜，人们只有使很大的气力才能把他们分开。克拉娜面色惨白，已经没有了呼吸。船现在正向岸边划去。

他们想尽一切办法使克拉娜复苏，但是她已经死了！他一直抱着一具死尸在水上游泳，为了这具死尸而把他自己弄得疲惫不堪。

雨尔根仍然活着。渔人们把他抬到沙丘上最近的一个屋子里。这儿只有一位类似外科医生的人，虽然他同时还是一个铁匠和杂货商人。他帮雨尔根包扎好伤口，以便能等到第二天到叔林镇上去找一个医生。

他的脑袋受了重伤，在昏迷不醒中他发出狂叫。但是在第三天，他倒下了，像昏睡过去了一样。他的生命好像挂在一根线上，据医生的说法，还不如让这根线断掉的好，对于雨尔根这是人们所能做出的最好的希望。

“我们祈求上帝快点儿带走他吧，他不会再是一个正常人。”

不过那根线并不断，他的生命并没有离开她，可是他却丧失了记忆，他的一切理智的联系都被切断了。最可怕的是，他仍然有一个将要恢复健康的身体。

雨尔根住在商人布洛涅的家里。

“他为了救我们的孩子才得了病，”老头子说，“现在他要算是我们的儿子了。”

人们称呼雨尔根为白痴，然而这并不是很恰当。他只是像一具松了弦的琴，再也发不出声音罢了。只有偶尔之间这些琴弦紧张起来，发出一点儿声音：几支旧曲子，几个老调；画面展开了，但立刻又覆上了烟雾；于是他又坐着呆呆地望向前面，没有一点儿思想。我们可以相信，他并不是痛苦的，但是他乌黑的眼睛不再发出光彩，看起来犹如模糊的黑色玻璃。

“悲哀的白痴雨尔根！”人们说。

出生以后，他本来是注定要享受幸福的人间生活的，所以对他来说，如果他还祈望或相信来世会有更好的生活，那么他真的是太狂妄了。在他的心灵中，已经没有任何力量了吗？他的命运现在只是一连串艰难的日子、痛苦和失望。他很像一个被人从土壤里挖出的美丽的花根，然后被丢弃在沙子上，听凭它腐烂下去。不过，依着上帝的形象所造成的人不会只有这点价值，一切都不是由命运掌控。对于他所受过的苦难，和他所失去的东西，博爱的上帝一定会在来生给他补偿的。“上帝对一切人都好；他的工作充满了仁慈。”这是《大卫圣诗集》中的话语。这个商人年老而虔诚的妻子，以耐心和希望把这句话念出来。她在心中祈求上帝快点儿带走雨尔根，使他能走进上帝的“慈悲世界”和永恒的生活中。

沙子快要埋掉教堂墓地的墙了，克拉娜就葬在这个墓地里。这件事情并不属于雨尔根的思想范围，所以他并不知道这件事，现在他的思想只有过去的一些片段。每个礼拜天他和一家人去教堂做礼拜，但他只是静静地坐在里面发呆。有一天正在唱圣诗的时候，他深深地叹了一口气，他注视着那个祭坛，注视着他和死去的女朋友曾经多次在一次跪过的那块地方，他的眼睛闪着光。他面色惨白地喊出她的名字，眼泪顺着他的脸颊流下来。

他被人们扶出教堂。他对人们说，他的心情很愉快，他并不觉得有什么毛病。他忘记了上帝所给予他的考验与遗弃。而上帝作为我们的造物主，是聪明和仁爱的，没有人敢质疑他。我们的心和理智都承认这一点，《圣经》也证实这一点：“他的工作充满了仁慈。”

在西班牙，一阵温暖的风吹过摩尔人的清真寺圆顶，吹过橙子树和月桂树，歌声和响板声四处升腾。在这儿，有一位没有孩子的老人、一个最富有的商人，坐在一幢华丽的房子里。这时有许多拿着火把和飘动着的旗子的孩子在街上游行。老头子很愿意拿出大量财富找回他的女儿，或者女儿的孩子，这个孩子可能从来就没有见过这个世界的阳光，所以也不能走进永恒的天国。“可怜的孩子！”

没错，他的确是一个可怜的孩子，虽然老斯卡根的雨尔根已经三十岁了。

流沙湮没了教堂墓地的坟墓，它有墙顶那么高。尽管如此，死者还得在这儿和他们先逝去的亲族或亲爱的人葬在一起。此时，商人布洛涅和他的妻子就跟他们的孩子一起，躺在这白沙的下面。

常刮起暴风雨的春天到来了。沙丘上的细沙被风带到空中，形成烟雾；海上波涛汹涌；成群的鸟儿在沙丘上盘旋和尖叫。在沿着斯卡根港汊到胡斯埠沙丘的这条海岸线上，船只接二连三地触礁遇难。

有一天下午，雨尔根独自一人坐在房间里，忽然他的头脑似乎清醒起来；他有一种不好的感觉，在他小的时候，这种感觉常常驱使他走到荒地和沙丘之间去。

“回家啊！回家啊！”他说。没有人听到他说什么。他走出屋子，向沙丘走去。沙子和石子吹到他的脸上，在他的周围打旋。他走向教堂，那儿的沙子已经堆到了墙上，马上会盖住窗子的一半。但是门口的积沙被铲掉了，所以教堂的入口是敞开着的。雨尔根走了进去。

风暴在斯卡根镇上肆虐。人们的记忆中不曾有过这样的风暴，这真是可怕的天气。但是雨尔根是在上帝的屋子里。当外面正是黑夜的时候，他的灵魂里出现了一线永远灭不了的光明。他能感觉得到，在他头上的那块沉重的石头现在爆裂了。他把风暴和海的呼啸听成了风琴的声音。他在一个座位上坐下来，蜡烛一根接着一根地被点起来。现在这儿出现了一幅华丽的画面，像他在西班牙所看到的一样。市政府老参议员们和市长们的肖像似乎有了生命，他们走下挂过许多世纪的墙，坐到唱诗班的席位上。教堂的大门和小门自动打开，所有已死去的人，穿着他们生前那个时代的节日衣服，在美丽的音乐声中走进来了，坐在凳子上。于是圣诗的歌声如汹涌的浪涛一般，洪亮地响起。住在胡斯埠沙丘上的他的养父母来了；商人布洛涅和他的妻子也来了；还有美丽和善的克拉娜也来了，她就坐在雨尔根旁边。她把手伸向雨尔根，他们走向曾经一起跪过的祭坛。牧师把他们的手放在一起，他们结为爱情的终身伴侣。于是喇叭声响起来了，它悦耳得犹如一个充满了快乐和期望的小孩的声音。它扩大成为风琴声，最后变成人们听到后很愉快的、充满了洪亮的高贵的音色所组成的暴风雨，但是它强烈得完全可以打碎坟墓上的石头。

这时，挂在唱诗班席位顶上的那只小船落到他们两人面前来。它变得非常庞大和美丽。它有绸子做的帆和镀金的帆；它的锚是赤金的，而它的每一根纤索，真的像那支古老的歌中所说的，是“掺杂着生丝”。这对新婚夫妇走上这条船，所有做礼拜的人也跟着走上来，因为在这儿他们都有自己的位置和快乐。教堂的墙壁和拱门，像接骨木树和芬芳的菩提树一样，都开出花朵；风摇动着它们的枝叶，使它们散发出一种清凉的香气。于是它们弯下来，向两边伸展。这时船已起锚，从中间驶过去，驶向大海，驶向天空。教堂里的每一根蜡烛都是一颗星，风吹出一首圣诗的调子，于是大家便跟着风一起唱：

“在爱情中走向快乐！任何生命都不会灭亡！永远的幸福！哈利路亚！”

这也是雨尔根在这个世界上所说的最后的话。现在，连着他不灭的灵魂的那根线断了，在这个阴暗的教堂里他死去了。风暴在教堂的周围肆虐，并用散沙把它掩住。

第二天早晨是礼拜天，教徒和牧师都来做礼拜。到教堂去的那条路非常不好走，在沙子上几乎是无法前行。最后，他们终于来到教堂，但教堂的入口处已经高高地堆起了一座沙丘。牧师念了一个简短的祷告，说：上帝封了自己的屋子的门，我们可以到别的地方去建立一个新的教堂。

于是，他们唱了一首圣诗，然后都回到自己的家里。

在斯卡根这个镇上，雨尔根消失了，即使在沙丘上人们也找不到他。据说，他被滚到沙滩上来汹涌的浪涛带走了。

他的尸体被埋在一个很大的石棺里面。在风暴中，上帝亲手盖上了他的棺材；很多沙子压到那上面，现在仍然压在那上面。

飞沙盖住了那些拱形圆顶。教堂上现在长满了山楂和玫瑰，行人现在可以一直走到冒出沙土的那座教堂塔楼，在那儿散步。这座塔楼像一块巨大的墓碑，在附近十多英里远的地方都可以看得见。不会有谁再拥有这样漂亮的墓碑！谁也没有来搅乱死者的安息，因为在此以前没有人知道有这件事情：沙丘间的风暴对我唱出了这个故事。